남자 운이 좋은 여자

남자 운이 좋은 여자

남자 운이 좋은 여자

김가영

미래문화사

왜 사랑하는가를 안다면

책을 낼 때마다 주제가 무엇이냐고 물어 오는 사람이 있다. 어리석은 질문이라고 생각한다. 그 질문은 텔레비전 드라마 극본을 쓸 때도 마찬가지다.

그 질문에 간단히 대답할 수 있는 테마랑 메시지가 있다면 책을 쓸 필요도 없다.

드라마를 쓸 때에도 어느 시점부터는 등장 인물이 작자의 의도를 떠나서 제멋대로 움직일 때가 있다. 그런 드라마는 대개의 경우 훌륭한 작품이 된다.

예를 들어 사랑이다.

'이 사람의 성격은 이런 점이 훌륭하고 머리가 좋고 미인이고 날씬하다' 하는 구체적인 이유를 밑받침으로 해서 사랑에 빠지는 인간이 어디에 있을까?

'왜 사랑하는가?'

하는 질문에 대답할 수 있다면 그 사랑은 진짜가 아니다.

아무리 생각해도 대답할 수 없기 때문에 사람의 마음에는 반짝임이 있는 것이다.

작품집도 마찬가지다. 사랑에 빠지는 것처럼 쓰지 않으면 안된다.

테마라는 게 있다고 한다면, 글이 자연히 발하는 것이고 독자의 마음에 생기는 것이다. 결코 작가가 보여주는 게 아니다.

나 자신도 단행본이나 드라마를 쓸 때에 왜 내가 이것을 내고 싶은지 모른다.

모르지만 써내려 가는 동안 조금씩 보인다. 완전한 것은 아니다.

작품이 끝났을 때 알게 되는 것도 있고 최후까지 모르는 것도 있다.

인간은 자신의 마음을 전하지 않고는 있을 수 없는 동물이다. 전할 수 없으니까 화를 내고 울고 상처를 주고 받는다. 그래서 전했을 때의 기쁨은 큰 것이다.

'왜 하고 싶은가' 하는 걸 알고 그 일을 하는 건 재미가 없다. 뭐가 뭔지 모르면서 정신없이 하는 동안에 의미가 생긴다. 그것은 취미여도 좋고 일이어도 좋다.

무엇인가가 있는 인생은 풍요롭지 않은가.

분명한 것은 단 한 가지다.

나를 얘기하지 않고 타인을, 사회를 얘기한다는 일이 얼마나 주제 넘는 얘기인가.

우선 나를 얘기하는 일, 모든 것은 거기서부터 시작이다.

2001년 1월에

차례

책 머리에/왜 사랑하는가를 안다면 · 12

내게는 소중한 당신 · 19

멋과 사랑 사이 · 22

연애와 결혼 · 26

내 사랑 화북 · 29

아직도 칠칠 사이즈 · 32

시시한 여자 · 35

슬프다면 슬픈 이야기 · 37

연상의 아내 · 41

언제까지나 여자로 · 44

그래도 사랑하니까 · 47

인생 속에서, 사랑 속에서 · 51

시대에 뒤떨어진 여자 · 54

싹싹한 아주머니래 · 57

황혼 · 61

꽃처럼, 세월처럼 · 64

또 야단이네 · 67

조용한 생활 · 71

남자의 에고이즘 · 1 · 73

남자의 에고이즘 · 2 · 76

남자의 에고이즘 · 3 · 79

남자의 에고이즘 · 4 · 83

돈으로 살 수 없는 것 · 85

배신이라는 것 · 87

탐욕과 공상 · 90

영원히 아름답게 · 94

글을 쓴다는 것 · 97

부부 싸움 · 100

궁합도 만들어 가야 · 103

예기치 않았던 일이 · 106

오오! 나의 루이스 · 108

귀여운 남자 · 111

벚꽃과 수선화 · 115

어렸을 적 여름처럼 · 117

다시 한번 '폴링 인 러브' · 119

남자 운이 좋은 여자 · 122

로맨틱이라는 것의 숙명 · 125

이런 저런 여자 · 128

사랑하는 당신에게 · 133

버린다는 것 · 136

내게 소중한 일 · 138

행복은 · 141

불륜의 사랑이 어리석은 이유 · 144

요즘 남성 • 146

탱고를 배우는 날에 • 148

인생이란 • 151

한없이 투명한 잿빛 • 153

이미 가버린 사랑인데 • 156

성격 때문에 • 159

믿지 않아요 • 161

그난봉 씨의 경우 • 164

인기 없는 남자 • 168

너와 나의 좋은 관계 • 171

'나'라는 아주머니 • 174

적당한 생각 • 176

아주머니와 다이어트 • 178

모르면 타인 • 181

노란 장미 한 송이 • 184

겁방진 여자 • 187

울려라 벨이여 • 189

술을 함께 마셔요 • 192

아주머니의 조건 • 195

프랑소와즈 사강처럼 • 198

전설 속의 남자 • 202

비가 그리운 계절 · 205

위험한 관계 · 207

여자의 얼굴 · 210

상상 속에서 · 212

식사를 함께 하실까요 · 216

공기와 같은 아내 · 218

괴로움 · 221

아주머니의 경우 · 224

이별을 멋스럽게 · 226

자기 주장 · 228

남자의 눈물, 여자의 얼굴 · 232

신에게 · 235

불손한 사람 · 237

사랑을 지속시키는 비결 · 240

성숙함을 배우는 여름 · 243

꽃피우는 힘 · 246

모양새대로 · 249

무기력도 병 · 251

두근거림이 있는 곳 · 254

여자와 남자에 대해 · 256

내게는 소중한 당신

권력도 돈도 갖고 있는 남자가 자신의 아내를 사랑하는 한 그녀는
안전지대에 있을 수 있다. 그것을 알고 있기 때문에 사람들은 열받는다.

올바른 사람이니까, 성격이 좋으니까라고 해서 사랑받는 것만도
아니다.

옆에서 볼 때 '어째서 저런 사람하고'라는 생각이 드는 사람과도
사랑하기도 하고 부부가 되기도 한다.

그런데 '어째서 저런 사람과'라고 안달복달하는 경우는 여자 쪽이
많다.

'어째서 저런 남자하고……' 그러면서도 한편으로는 상당한 매력
이 있는지도 모른다고 내심 납득을 한다.

여자가 남자에게 '왜 하필 저런 여자하고 사귀지'라고 했을 때,
'그래? 그렇게 나쁜 여자야?'라고 반응을 보내는 남자는 거의 없
다. '그 여자는 너희들이 생각하고 있는 것 같은 여자가 아니야'라
고 하는 경우가 많다.

그런 점에서 보면 남자는 여자보다도 훨씬 로맨티스트이다.

자기만이 알고 있는 여자의 장점도 좋아하고 보호자로서의 기쁨

도 있다.

악녀에게 빠져서 파멸되어 가는 자기 자신에게도 쾌감이 있다.

그렇지만 여자는 현실적으로 생활이 걸려 있다. 남녀 동권이라고는 하지만, 경제력을 가진 남자를 붙잡는가 그렇지 않는가에 따라 차이가 나타나는 건 사실이다.

남자는 자신의 힘이 닿는 범위에서는 타락한다고 해도 여유가 있다. 여자는 타락해도 더 내려가지 않는다. 상당한 마조히스트(Masochist)가 아닌 바에야 기묘한 쾌락에 빠져 있을 여유가 없다.

그래서 별볼일 없는 남자인 줄 알면서 헤어지지 못하는 여성에게 세간은 어딘가 동정적이 된다. 저만큼 계산적인 여자라는 종족이 열중할 정도니 무슨 매력이 있긴 있나 보다고 오히려 너그럽게 봐버린다.

그 반대는 심하다.

세상 사람들이 용서할 수 없는 것은 비상식적인 행동을 하고 엉망인 여자를 사랑할 때이다.

권력도 돈도 갖고 있는 남자가 자신의 아내를 사랑하는 한 그녀는 안전지대에 있을 수 있다. 그것을 알고 있기 때문에 사람들은 열받는다.

세상에는 자기 마음에 안 들면 시도 때도 없이 따지는 여자가 있다. 한밤중이어도 사정없이 전화를 건다든가 해서 타인에 대한 배려는 전혀 없이 자기 하고 싶은 대로 하는 여자는 정말 놀랍다.

엄청나게 끼(기)가 많은 여자 친구가 있다. 물론 독신이다. 그녀는 하루는 이 남자, 내일은 저 남자 그런 식이다.

이런저런 남자 중에 내 친구가 있었다.

"아무리 자유롭게 산다고 하지만 그 여자 엄청난 바람둥인데 괜찮아?"

하고 그 남자 친구에게 내가 물었다. 그러자,

"내가 고칠 거야."

라고 그 남자 친구가 대답했다.

부럽다.

그래, 모두 누군가의 사랑스런 여자니까.

멋과 사랑 사이

인간이기 때문에 사람을 사랑하게 되는 걸 막을 수는 없다.
다만 괴로운 사랑의 경우 멋스러워지는가 촌스럽게
되는가에 따라 인간성이 명백히 나타난다.

나는 매사에 멋이 있는가 촌스러운가 하는 척도를 갖고 살아가고 싶다. 그것은 내가 언제나 촌스러운 일만 하고 다니기 때문인지 모르겠다.

필사로 '촌스러운 일은 하지 말아야지' 하고 자신에게 다짐하지만 쉽지는 않다.

그래도 촌스러운 쪽으로 흘러가는 것은 촌스러운 쪽이 편해서이다.

사실 멋스러움은 괴롭다.

멋스럽다는 것은 오기가 필요하다.

멋스럽다는 것에 대해서 여러 가지 정의가 있지만 역시 그 뿌리에는 '오기'가 있다고 생각한다.

'오기'라는 것 또한 괴롭다. 오기는 어쨌든 손해 보는 점이 많으니까.

그러나 굳이 오기를 부려서 손해 보는 길을 택하는 건 하나의 미학이다. 댄디즘(Dandism)이다.

요즘, 아니 예부터 풀리지 않는 숙제 중에 하나 불륜이라는 게 있다. 분명히 괴로운 사랑임에는 틀림없다.

남편이 아내 이외의 여자를 사랑하거나 거꾸로 아내와 자식이 있다는 걸 알면서도 빠지는 경우가 있다.

인간이기 때문에 사람을 사랑하게 되는 걸 막을 수는 없다.

다만 괴로운 사랑의 경우 멋스러워지는가 촌스럽게 되는가에 따라 인간성이 명백히 나타난다.

예를 들어 '아내가 제대로 못하니까 남편이 나 같은 애인을 만드는 것 아냐?'라든가, '아내가 있다는 걸 알고 있으면서도 이렇게 사랑한 남자는 나에게는 처음이에요'라든가이다.

어느 쪽이든 그것은 촌스러움의 극치다. 숨기지 못하고 오기를 가지고 자신의 가슴속에 묻어 두지 못한 게 결국은 촌스럽다.

다시 말해서 불륜의 사랑이라는 것은 배덕이다. '윤리에 벗어난 사랑'이라는 의미다. 숨겨진 사랑이다.

그런데 시대가 변해서 불륜의 사랑도 사랑입네 하고 오픈시키는 사람도 있다.

숨겨진 사람에게는 아무런 권리도 없느냐고 화를 내는 사람도 있다.

권리는 없다. 나는 그렇게 생각한다.

대신 마음가짐이 있다.

처자에게는 일절 상관하지 않고, 결혼을 바라지 않고, 숨겨진 채로 철저하게 사랑하겠다는 마음가짐이다.

그런 강한 여자로 있을 수 없다는 반론도 있다. 강하지 않은 여자는 불륜이라는 고급(?)스런 사랑에 손을 대서는 안 된다.

남자도 예전에 비하면 촌스러워졌다.

불륜의 상대에게 결혼 가능성의 뉘앙스를 풍기면서 육체의 관계를 계속한다. 호텔비를 절약해서 여자의 아파트에서 만나고, 여자에게 식사를 만들게 한다. 돈을 한푼도 쓰지 않는다.

그러면서 전혀 아내와 헤어질 마음도 없다면 여자도 참을 수 없다. 그래서 여자 쪽에서도 동맥을 잘라 상대를 곤란하게 한다. 남자의 집에 불을 지른다든가 자신들의 관계를 공개하여 상대방을 망신스럽게 만들어 버린다.

얼마 전만 해도 한국에는 첩(妾)이라는 말이 있었다. 남자는 애인의 생활의 모든 것을 보살폈다.

물론 결혼이라는 건 전혀 내비치지 않았다. 애인 쪽도 처음부터 결혼은 바라지 않는다. 본처와의 사이에는 언제나 커다란 격차가 있고 남편도 아내의 문제는 별격으로 취급했다. 애인은 숨겨진 사람으로 당연히 생각하고 있었다.

당연히 첩을 거느리고 있는 남자는 경제적으로 여유가 있고, 정신적으로도 성숙한 어른의 도량이 없이는 안 되는 일이었다.

지금처럼 결혼의 가능성을 비치면서 여자를 붙잡아 두려는 촌스러운 궁상은 떨지 않았다.

오해 없기를 바라지만 나는 결코 첩이라는 제도를 긍정하고 있는 게 아니다.

불륜의 사랑은 해서는 안 된다.

윤리가 있는 사랑에는 역시 룰이 있다.

한국에는 예부터 애매모호라는 정신문화가 있다. 터놓고 상대에게 따지고 들면 알기는 쉽지만 그것도 어느 정도까지가 좋다.

무조건 다 파헤치는 게 아니라 애매모호한 부분도 어느 정도 남겨 두는 게 좋다는 얘기다. 남녀 사이에 적당한 애매모호함은 멋이 되는 경우가 많다.

요즘 시대는 멋스러움도 촌스러움도 사어(死語)라는 생각이 든다. 그러나 나는 그렇게 생각하지 않는다. 타격을 받은 사람들의 대부분은 그 촌스러운 행위를 꾸짖기 때문에.

타격도 적당한 정도에서 끝내는 게 좋다. 무엇이든 지나치면 촌스러우니까.

아직도 어떻게 살아야 멋스러운지를 나는 모르겠다.

연애와 결혼

결혼은 언제나 열중할 수 없더라도 버젓한 정열이다.
결혼은 깨어 있는 사랑이다.

결혼은 아무리 사랑해도 두 사람의 여러 가지 조건이 맞지 않으면 성립되지 않는다. 연애 결혼이라 해도 생활 능력이 없으면 안 된다.

결혼은 하나의 계약이다. 사회에 승인을 받기 위해서는 어쩔 수 없다.

결혼과 연애는 이미 같은 게 아니다. 질적으로 전혀 다른 사랑의 형태다.

누구든 결혼은 지속시키고 싶어한다. 원래 자신들의 사랑을 지속시키고 싶어서 결혼이라는 조금 지루한 일상을 선택한 것이다. 지속하려면 좋은 일이든 나쁜 일이든 있게 마련이다.

연애는 순간적 쾌락이다.

실연이 극적으로 생각될 때조차도 있다.

그러나 연애가 언제나 아름답다고는 말할 수 없다. 어떤 의미에서는 연애란 과거의 것이다. 한 시간 전에 사랑했던 남녀의 사랑이 내일도 지속된다는 보장은 없다. 헤어진 순간에 다른 사랑이 생길 가능성도 있다.

사람은 10분 동안에도 사랑할 수 있지만 10분 동안의 결혼은 없지 않은가?

연애에는 약속은 없다. 결혼은 약속이다. 서로가 합의한 결과 그것은 사랑의 생활을 지속시키자는 약속이다.

연애에는 눈에 보이는 형태는 없다.

서로의 마음과 욕망을 순간순간 자각하는 행위일 뿐이다.

결혼은 사랑을 형태로 만들려는 행위다. 모양은 생활이다. 모양인 이상 그것은 좀체로 부서지지 않는다.

여자와 남자의 추상적인 결합의 형체가 아니라, 생활이라든가 미래라든가를 함께하는 구체적인 형태다.

거기에는 남자는 남편이고 아버지이고 일을 하는 인간이다. 여자는 아내이고 어머니이고 주부이다. 몇 개의 복합된 성격을 갖는다.

연애처럼 단순히 여자이고 남자일 수는 없다.

그렇다고 결혼만 하면 영원히 안전한가?

일생 함께 살 상대인가 어떤가는 실제로 살아 보지 않으면 모른다. 삼십 년을 같이 살아도 헤어지는 경우도 있다.

또는 일생 후회하면서도 결혼이라는 형식에 연연하는 사람도 있다. 연인으로서는 최고지만 아내 또는 주부, 어머니로서는 최저인 사람도 있다.

결혼은 언제나 열중할 수 없더라도 버젓한 정열이다. 결혼은 깨어 있는 사랑이다.

사랑이랑 결혼 속에서 인간은 변화해 간다. 특히 남자는 일로써 성장해 가고, 사회에 대한 자신의 입장이 변해 간다.

부부는 오랫동안 함께 있으면 닮아 간다고 한다. 부부는 서로가 열중이었던 때를 몇 번이고 만회하는, 열정을 잃지 않는 관계가 아닐까?

때로는 평범하게, 때로는 열중할 수 있는 결혼이 가장 바람직하다는 생각이 든다.

내가 생각하는 에로틱한 결혼은, 결혼에 의해 완전히 해방되어 자신들만의 유토피아를 만들어 내는 모습이다.

바람직한 결혼은 여자와 남자가 일 대 일이 되는 상태이다. 단순히 법률상의 하나가 되는 수속은 아니다.

까뮈가 '결혼'이라는 말을 쓸 때, 그것은 자기가 자연과 하나가 되었다는 감정이라고 했다. 밤 하늘의 별이랑 젖은 풀 위에랑 광대한 바다 속에 자기가 동화하는 기쁨을 갖는 것이라 했다.

그 자연을 피부로 느꼈을 때의 기쁨은 관능의 기쁨과 같다.

여자에게 자연을 느낄 때 남자는 해방된다.

결혼은 관능의 기쁨을 일상화해 버리는 게 아니다. 자신의 여자, 자연을 버젓이 소유할 수 있는 상대를 의미한다.

그러나 대개의 경우 결혼은 계속되고 관능의 매력은 감퇴된다.

부부에게 자연은 오히려 관능적으로 있는 번거로움을 없앤다. 그걸 의미한다. 공기 같은, 필요하지만 거슬리지 않는 존재. 그게 가장 바람직하다고 믿는다.

관능이 공기로 바뀔 때, 왠지 허전한 것만은 사실이다.

내 사랑 화북

화북 바닷가에 불어대는 바람도, 도망칠 수 없는 내 인생에
불어대는 바람도, 이제는 예전처럼 슬프지 않다.

무엇인가를 소유하는 걸 별로 좋아하지 않는다. 그것이 어떤 것이든 일단 갖게 되면 지키려는 자세가 되기 때문이다. 지킨다는 건 나를 불안하게 한다. 에너지가 필요하다.

그런데도 나는 조그만 포구가 있고 빨간 등대가 있는 화북에 내 인생의 전환점을 맞으며 집을 소유하고 말았다. 벌써 10여 년 전 일이다.

나는 이곳으로 이사오기 전 중앙로에 살았다. 30대 초반, 내가 한 사람의 아내라는 것 외에 아무것도 아니던 시절, 세간으로부터 잊혀진 존재임을 실감하고 나는 외로웠다.

남편에게 무엇인가를 기대하고 그 기대가 허물어지면 상대의 책임으로 돌리고 분노했다.

나는 그때 글을 쓴다는 일은 생각도 못하고 있었다. 남편에게 기생하고 의존하고 있었다. 말하자면 기생충 같은 존재였다. 기생충의 슬픔을 알는지.

나잇살이나 먹은 여자가 오로지 남편의 수입과 그의 인간성과 관용에 의존하는 일, 자기 자신이 행복할 수 없음을 오히려 남의 탓으로 돌리는 나에게는 불모의 시대였다.

분명한 건 대량의 유혈 때문에 사람이 죽는 것처럼 나와 남편 사이에 무엇인가가 분명히 죽어가고 있었다.

그럴 때마다 나는 화북 바닷가를 찾았다. 울면서 걷다가 문득 고개를 들어 밤바다를 쳐다보면 화북 포구의 등대가 보였다. 눈물의 렌즈를 통해서 보이는 등대는 아름다웠다.

지금 생각해 보면 나의 기억 속에 있는 화북 포구의 가장 아름다운 등대의 풍경은 대개 눈물 속에 배어 있었다는 생각이 든다.

아무리 남편이라도 타인에게 기대하는 건 괴로운 일이라는 것을 알았을 때, 나는 기대하는 걸 그만뒀다. 그때부터 나는 좀처럼 울지 않는 여자가 되었다.

화북 포구에 있는 이 집으로 이사오면서 나는 글을 쓰게 되었다. 지금 살고 있는 집을 나는 바람의 집이라고 부른다. 이 집은 이상하게도 바닷가를 향해 북쪽으로 창을 내고 있어서 일년 내내 바람이 불어댄다.

바람이 습기를 지니고 한층 바다 냄새가 진해지면 봄이 가깝다는 걸 알 수 있다. 여름 밤에는 바닷가의 시원한 바람이 그을린 피부를 식혀 준다.

겨울에는 아무리 귀를 막아도 비명 같은 바람의 울부짖음 때문에 정신을 못 차릴 정도다.

화북 바닷가의 그런 바람도, 도망칠 수 없는 내 인생에 불어대는 바람도 나는 많이 경험했다. 이제는 예전처럼 슬프지는 않다. 글을 쓰고 있으니까.

나는 오늘도 등대가 있는 화북 포구를 산책한다.

이곳이 얼마나 자랑스럽고 아름다운 곳인가 하면, 우리의 고전 〈배비장전〉의 무대가 되었던 곳이다.

〈배비장전〉은 조선시대 말기 작가 미상인 작품이다. 풍자와 야유가 절로 웃음을 터뜨리게 하는 골계문학의 진수를 보여주는 작품이다.

원래 태평한화 골계전에 실려 있는 발취실화와 동야휘집의 미궤실화가 〈배비장전〉 줄거리를 구성하는 근간이 되어 있다.

실화에서 판소리를 작품으로 그 후 다시 소설로 쓰여졌다.

내용은 여색에 결코 유혹을 당하지 않을 것이라고 본처에게 장담하고 제주로 떠났던 배비장이, 제주 기생 애랑에게 홀딱 빠진다는 얘기다. 결국 그녀의 계교인 줄도 모르고 뒤주 속에 갇혀 망신을 당하는 내용이다.

배비장전의 무대가 되었던 화북.

아름다운 포구의 눈물의 렌즈 속에 있던 등대.

때도 없이 불어대는 바람조차도 사랑스런 화북에 살고 있는 나는 얼마나 행복한가.

아직도 칠칠 사이즈

일주일 중국 여행 끝에 친구들이 목메는 비누를 한 아름 사왔다.
그 비누를 나눠 주고 육개월이 지난 지금, 내 친구들은 여전히 칠칠 사이즈다.

중국엘 간다고 했더니 여기저기에 있는 친구들한테서 전화가 걸려 왔다.

살 빠지는 비누를 사다 달라고 아우성이다. 비누로 몸을 씻기만 해도 군살이 빠지는 비누가 있다는 것이다.

그것은 중국산 해초를 원료로 해서 만들어졌는데, 한국에서 사면 한 개에 만 원 이상은 줘야 산다는 얘기다. 한국에서 사면 비싸니 이왕 간 김에 부탁하는 것이라고 했다. 내가 듣기엔 부탁이 아니라 강요, 아니 명령이었다.

"그 비누 이름이 뭔데?"

하고 내가 물었다.

"이름? 몰라."

"이름도 모르는데 어떻게 사오니?"

"참 답답하긴. 가이드에게 살 빼는 비누 사고 싶다고 하면 다 안내를 해준대."

"아무리 그래도 상품명도 모르는데 어떻게 사니? 그러다 잘못 사오기라도 하면 나만 골치 아플 게 아니니? 도대체 어디서 그런 정보를 들었어?"

"얘, 내가 듣긴 누구한테 듣니? 이 눈으로 똑똑히 확인했다니까. 얼마 전 파마하러 갔다가 미용실에 있는 잡지에서 봤다니까."

"봤으면 상품명 정도는 기억할 것 아냐?"

"얘! 내가 요즘 갱년기로 깜빡깜빡해서 글쎄, 잊었다는 것 아냐."

"귀찮고 번거롭다. 꼭 중국제 아니어도 그런 게 있대더라. 프랑스제도 있고."

"어머, 그래도 중국제가 비약이라는 느낌이 있잖니? 아무래도 중국은 칠천년(?) 역사니까."

칠천년 역사와 살 빼는 비누가 무슨 상관이 있는지 모르지만, 얘기하는 도중에 나도 어느새 내가 쓸 것까지 사야겠다는 생각이 들었다.

얼마 전만 해도 살 빠지는 차(茶)가 판을 치더니 이제는 살 빼는 비누다. 그나저나 몇천 년의 역사라고 하니 나도 은근히 납득이 가는 부분이 있었다.

일주일 중국 여행 끝에 친구들이 목메다시피 원하는 그 비누를 한 아름 사왔다.

중국의 해초로 만들어졌다고 들어서 그런지 누르스름하고 하나의 무게가 꽤 묵직했다. 간간이 섞여 있는 해초 덩어리하며 투박한 모양이 과연 비약다웠다. 보고 있기만 해도 3kg 정도는 빠지는 기분이 들었다.

설명서 내용은, 비누에는 해초 속에 숨어 있는 원소가 털구멍을 깨끗이 청소하고 피하지방을 체외로 배출한다고 적혀 있었다.

또 비누를 사용하면 혈액순환이 좋아져서 피부는 긴장감과 탄력이 생기고 계속해서 사용할수록 아름다워진다고 적혀 있었다.

여기까지 설명서를 읽자 나는 친구에게 전해 주는 게 아깝다는 생각이 들었다.

설명서는 다시 이어지고 있었다. 이 비누는 살 빼는 효과가 아주 강하기 때문에 이미 마른 사람이나 허약 체질의 사람은 사용하지 말라는 게 아닌가. 만일 사용했을 경우, 일절 책임을 지지 않는다고 분명히 적혀 있었다. 이 비누를 세 개 정도 사용한 뒤 이상적인 효과가 나타난다고 설명문은 결론을 맺고 있었다.

"야! 대단한 비누로구나."

하고 나는 감탄을 하고 말았다.

그런데 어떤 성분이 들어 있는지 전혀 알 수 없는 것이 좀 찝찝했다.

만일 이것이 진짜라면 그야말로 비약이라는 생각에 나는 흥분했다. 이 설명문은 한국에서라면 과대 광고로 처벌을 받을지도 모르지만, 중국은 일체 신경을 쓰지 않는 점이 칠천년 역사인가 보다고 납득을 했다.

힘들여서 들고 온 비누를 친구들에게 나눠 주고 육개월이 지난 지금, 내 친구들은 여전히 칠칠 사이즈이고, 그 어느 누구도 비약인 살 빼는 비누에 대해서는 거론을 하지 않는다.

나 역시 나온 배는 여전하다.

시시한 여자

왜 여자는 시시할까? 그것은 여자가 모험을 두려워하고
상처받는 것을 두려워하고 불행을 두려워하기 때문이다.

현대인은 사는 보람을 찾으면서, 한편으로는 평온 무사에 매달린
다. 사람이 사는 보람은 고난이랑 불가능에 맞서서 그것을 극복했
을 때 생기는 것이라고 나는 생각한다.

그 사는 보람의 근본이 되어야 할 목표를 가지려 하지 않고, 사
는 보람이 무엇인가 하면서 막연히 찾는다.

어느 고명한 등산가가, 왜 산에 오르는가 하는 질문에 산이 거기
에 있기 때문이라고 대답한 것은 너무도 유명한 얘기다.

산이 거기에 있다. 넘지 않으면 안될 게 거기에 있다. 그래서 오
른다. 사는 보람이라는 것은 그런 정신에서 생기는 게 아닐까.

'고생이 거기에 있다. 싸움터가 거기에 있다. 그래서 싸운다'라는
식으로 생각할 수는 없을까.

왜 우리들은 축복받은 환경 속에서 있는 것을 유효하게 쓰려고
하지 않을까? 생활력, 자신감, 강함을 여자들은 몇 배나 더 갖고
있다. 그 강함을 타인에게 무엇인가를 요구할 때만 쓰는 것은 왜

일까?

매일이 지루하고 사는 보람이 없다고 중얼거리는 일은 그만두자.

새로운 시대와 함께 여성이 할 수 있는 많은 힘을 이럴 때 씀으로써 비로소 여성은 강해졌다고 할 수 있다.

옛날의 여자가 돈이랑 집이랑 남편에게 집착한 것은 여자가 살아가기 위한 어떤 힘도 갖고 있지 않았기 때문이다.

자기에게 힘이 없으니까 유사시에 대비해서 남편을 다른 여자에게 빼앗기지 않으려고 질투를 하기도 했다.

지금은 다르다. 여자가 자신의 능력을 개발하고 그로 인해 돈이랑 집이 생기기도 한다.

그런데도 자신을 키우는 데 게으른 것은 시시하다.

왜 여자는 시시할까? 그것은 여자가 모험을 두려워하고 상처받는 것을 두려워하기 때문이다. 불행을 두려워하고 손해 보는 것을 두려워한다.

물질적인 평화도 좋다. 그러나 괴롭지만 기백에 찬 인생에 도전해 보는 일도 좋지 않을까?

도전이 내가 사는 보람이라면 너무 거창한 생각이 들긴 들지만.

슬프다면 슬픈 이야기

주름 감추느라고 화운데이션을 겹겹이 바른 여자를
남자는 둔갑의 본보기처럼 생각하지만 그렇지 않다.

어느 술자리에서 남자와 여자의 정사에 관한 이야기로 꽃이 피었다.

남자와 여자가 정사를 갖는 것은 함께 즐기는 일인데, 왜 남자는 여자에게 돈을 주는지 그것이 이상하다고 한 여자가 물었다.

왜 남자는 정사의 상대에게 돈을 주는가?

그것은 나와 너는 그저 이 정도의 관계라는 것을 상대에게 알리기 위한 것이라고 한 남자가 대답했다. 나는 너를 돈으로 산 것이지 애정을 갖고 있는 게 아니니까 착각하지 말라는 뜻이 그 돈에 포함되어 있다는 것이다.

'흥!' 하고 나는 무의식중에 비양거리며 다시 물어봤다.

"그런 것을 왜 일일이 상대에게 알릴 필요가 있지?"

상대는 뻔한 얘기를 묻느냐는 얼굴로 말한다.

"뒤가 시끄럽지 않기 위해서지."

"무엇이 시끄럽죠?"

"몰라서 물어요? 항상 따라 다니면 곤란하니까요."

나는 입을 다물었다.

'어째서 상대가 따라다닐 것이라는 생각을 갖죠?'

하고 실은 묻고 싶었다.

돈을 줘서 '나하고 너는 이것뿐인 관계다'라는 것을 일부러 알리지 않아도 상대는 생대대로, '이것으로 끝이야'라고 생각할지도 모른다.

한번으로 끝내고 싶은데 끈질기게 괴롭히지 않을까 하고 걱정되는 상대에게 안심료로서 돈을 준다고 한다면 이해가 간다.

그러나 장본인은 '따라다니지 않게' 미리 돈을 줘 둔다는 얘기다.

나는 그 얘기를 내 여자 친구들에게 했다. 그 얘기를 듣고 다들 한마디씩 했다.

"따라다닌다고 생각을 하니 별일이네. 바보같이."

"신중함은 남성 특유의 낙천성에서 오는 것 아니니?"

"거짓말이야, 그런 말은. 돈을 주는 것은 남자의 허영심이야."

라고 단정짓는 친구도 있었다.

"인기 얻으려고 하는 거야. 돈이라도 주지 않으면 아무도 알아주지 않으니까."

하고 입을 삐죽거리는 친구도 있었다.

"자기만 즐기고 상대를 즐겁게 못해 주니까 미안해서 그런 거지 뭐."

라고 호의적인 친구.

"자기 같은 사람을 받아들여 줬다는 감사겠지."

하고 호의적인지 악의적인지 잘 모르는 애매한 대답을 하는 친구.

"그렇지만 돈을 받아도 그것은 별도로 하고 따라다니는 사람이 있을지도 몰라."

라고 걱정하는 친구.

"돈을 더 내놓으라고 끈질기게 따라다니는 여자가 있으면 어떻게 하지?"

하고 분노를 누르지 못하는 친구.

여러 가지의 의견을 내놓았지만 결론적으론 모두 입을 모아 '남자란 참 무의미한 돈을 쓴다'라는 점으로 일치했다.

그런데 여자가 정사의 상대에게 돈을 쓸 경우는 확실하다. 그 남자가 필요해서이다. 필요하지만 돈의 힘을 빌리지 않으면 손에 넣을 수 없을 때.

그 외의 이유로는 한 푼도 내놓지 않는다. '여자는 깍쟁이니까' 하고 남자는 말하겠지만 그렇지 않다. 구태여 얘기한다면 그것은 여자의 겸허함에서 나온 것이라고 주장한 여성이 있다.

여자는 얼굴이다. 모양이랑 피부의 탄력이랑 색깔, 체중, 나이 등에 한없이 신경을 쓴다.

남자에게 자기가 어느 정도 가치를 갖고 있는가를 모든 장소에서 남자의 눈길 속에서 찾으려고 한다. 그래서 자신의 현실을 파악하고 지갑 속을 조사해서 돈을 내놓는다.

"뭐야? 저 아주머니. 가면 쓴 것 같은 화장을 하고 남자가 필요하다고? 뻔뻔스럽게."

인정이 없는 남자는 그런 얘기를 하며 비웃는다.

그러나 주름을 감추느라고 겹겹이 화운데이션을 바르는 것도 그나마 좋게 보이려고 하는 겸허함에서 나온 게 아니라고 어떻게 말할 수 있을까? 주름진 얼굴이 흉하다는 걸 자신이 알고 한다면.

그것이 결과적으로 볼만한 모양새가 아니라 한다 해도 여자의 그 겸허함, 애처로움을 남자는 알아야 한다.

남자는 주름 감추느라고 화운데이션을 겹겹이 바른 여자를 둔갑의 본보기처럼 생각하지만 그렇지 않다.

여자는 알고 있다. 알고 있지만 모른 척하고 있다. 모른 척하고 남자에게 돈을 준다. 돈을 내지 않고서는 있을 수 없는 자신의 몸에 눈물을 흘리면서 돈을 낸다.

예전에 본 영화 리처드 기어가 주연한 〈아메리카 지골로〉에서도 그랬다. 눈부시게 젊고 아름다운 지골로 리처드 기어에게 이미 늙고 허무함이 몸에 배인 돈 많은 유부녀의 표정도 그랬다.

연상의 아내

여자가 봐서 멋있는 남자란 지갑 끈이 가볍고
입이 무거운 남자임은 말할 필요도 없다.

아침에 텔레비전을 보고 있노라니 요즘은 연상의 여자들이 인기가 있다는 얘길 하고 있었다.

연상의 여인이 인기라니 나처럼 나이가 들 대로 든 사람이지만 귀가 솔깃했다. 어디서건 아주머니라고 푸대접받는 이 마당에 엄청 희망적인 말이었다.

한두 살 정도의 나이 차는 동갑과 같고, 네다섯 살 정도라면 조금 연상이라는 느낌이 든다는 남자 쪽의 얘기다.

과연 그럴까? 폭언을 한다면 남자들은 모두 마음속으로는 젊은 편이 좋다고 생각한다.

그것이 본능이고 보통이다.

매번 얘기하지만 여자의 청춘은 단단한 고무줄처럼 늘어나서 어디까지가 젊은지 성숙한 여자인지 분간이 어렵다.

그래서인지 현실에는 재혼 삼혼을 하는 중년이랑 불륜에 대한 희망을 갖는 50대도 적지 않다.

여자가 자아를 잊어버리고 그런 희망을 갖고 사는 데는 어느 정도 납득은 간다. 그러나 연상의 아내를 자랑삼는 풍조에는 아무래도 석연치 않은 점이 있다.

남자가 자신이 안고 있는 인생의 무거움의 절반을 여자가 거들어 주길 바라는 그 근성이 싫다.

'젊은 여자는 피곤하다'는 얘기를 남자들한테 가끔 듣는다.

연상은 피곤하지 않고 편리하고 즐겁다고.

남자에게 결혼이란 무엇인가?

아내 선택을 하기 전에 친구 선택, 인생 상담, 상대 선택, 자기에게 따뜻한 모친 선택을 하고 있다는 생각을 안할 수가 없다.

물론 사랑하는 남편에 대해서는 필연적으로 가정부도 되고, 영양사 또는 회계사, 매니저 부분까지 할 수 있다.

그러나 처음부터 여성으로서의 매력보다도 능력과 재능, 미더움을 평가받고 출발하는 관계도 여자로서는 쉬운 일이 아니다.

지금은 좋다고 해도 남자의 한창때가 되어 가는 남편에게 어떻게 여자로서의 부분을 만족시키며 따라갈 수 있을까. 문제는 두 사람의 연령 차보다 확실히 말해서 그 여자의 참을성이 아닐까.

남자란 동물은 단 삼일이라도 여자보다 나중에 태어나면 틈을 봐서 어딘가 자못 은혜라도 베푸는 듯이 군다. 표면으로는 나타내지 않아도 마음속으로는 그렇게 생각하고 연배 취급을 한다.

연상의 아내라는 입장은 그런 남편의 무언의 강요에 견디고 가끔은 악처 같은 모습도 나타내고 또 어떤 때는 필요 이상의 양처를 연기하지 않으면 안되는 험하고 힘든 입장의 선택이다.

그렇다고는 해도 연상의 여자를 파트너로 삼고 정신적 보호자로서 기대고자 하는 남자는 모두 시들어 있다. 다른 여자의 눈으로 봐도 차밍하지 않다. 단 온실 딸기랑 멜론과 같이 맛이 덜하고 향기가 적다.

예외가 있다고 한다면 아내의 눈을 훔쳐서 젊은 여자와 바람을 피우는 데 신경을 곤두세우고 있다든가 하는.

어느 쪽이든 연상의 아내 유행이야말로 섹시한 남자를 감소시켜 가는 길이라고 한탄하고 싶지만, 당신의 생각은 어떤지 모르겠다.

남자의 적기(適期)가 언제쯤인가 생각해 봤다.

틀림없이 한창때라는 생각이 들게 하는 남자들이 줄었다. 우선 몇 살이 한창때인가. 삼십? 사십? 그것도 지금은 여자와 같이 결국은 몇 살이라도 좋다.

자신이 없는 것인지 무책임한 것인지 입놀림이 가벼운 남자가 많아졌다는 것도 사실이다.

여자가 봐서 멋있는 남자란 지갑 끈이 가볍고 입이 무거운 남자임은 말할 필요도 없다.

언제까지나 여자로

여자를 무기로 삼지 말고 일을 무기로 삼아야 한다.
'여자'임을 팔지 않고 '여자'임을 버리지 않는.

한국 여자는 두 종류밖에 없다는 생각이 든다. 아가씨인가 아주머니인가 또는 미스인가 엄마인가.

결혼하기 전은 분명히 아가씨였는데 이삼 년 지나면 명실공히 엄마가 되어 버린 여자가 너무도 많다.

'여자'가 없다. 자신의 힘으로 땅에 발을 딛고 자신의 생각을 가지고 그것을 자신의 언어로 표현할 수 있는 여자가 없다.

더 없는 것은 섹시한 여자다. 반면 내숭 떠는 여자는 질릴 만큼 많다.

섹시함과 아양을 부리는 것은 대단한 차이다. 아양은 표면에 억지로 갖다 붙인 장식이다. 섹시함은 내측에서 우러나오는 것이다.

아양은 진득진득해서 불결하지만 섹시함은 산뜻하다. 청결하다.

아양 부리고 싶으면 부릴 수 있지만, 섹시하게 하려고 해도 그렇게 간단히 되는 게 아니다. 그것은 억지로 몸에 갖다 붙이는 것도 아니고 테크닉도 아니기 때문이다.

일을 하고 있는 여자들이 남성들과 나란히 어깨를 겨누고 일을 하려면 아양은 엄금이다. 여자를 팔지 않아야 한다.

'여자니까 봐준다' 하는 식으로, 여자라는 이유로 세간이 용서해 버리는 데 대해서 어리광을 부려선 안 된다.

여자를 무기로 삼지 않고 일을 무기로 삼아야 한다.

그렇다고 여자를 버려도 안 된다. 여자를 버리지 않고 노력해야 한다.

'여자'를 방치하고 일하는 중년 이상의 아주머니를 보고 있으면 암담한 기분이 든다.

'여자'를 방치한 아주머니들은 이미 아주머니조차도 아니다. 아저씨다. 남자 아저씨보다 방치한 아주머니들은 더 부끄러움을 모르는 최악의 아저씨다.

그렇게 간단하게 '여자'를 버릴 수 있는가. '여자'로 있기 위해서는 '아직도 이렇게 두근거리는 감정을 느낄 수 있는데, 이렇게 멋있는데' 하고 자신에게 언제나 생각할 수 있어야 한다.

거울에 비치는 자신의 모습을 보며 이미 남자에게 보일 수 없는 몸이라고 '여자'를 버릴 게 아니라 더 노력해야 한다.

'여자'임을 팔지 않고, '여자'임을 버리지 않고, 몇 살이 되든 '여자'로 있을 수 있는 일을 즐기고 싶다.

인생 80년의 시대를 살면서 정년을 맞는 연령의 남녀의 몸은 아직 젊다.

다만 '정년'에 충격을 받고 마음이 늙어 버린 사람은 적지 않다.

그러나 인생 80년을 생각하면 재출발을 생각하지 않으면 아깝다.

'본심을 잃어버리는 사람은 모두가 빈껍데기'라는 얘기가 있다.

여자는 언제까지나 여자로서, 남자는 언제까지나 남자로서 있을 때 인생 80의 삶은 더 즐겁지 않을까?

그래도 사랑하니까

남편이자 아버지인 남자는 가정 속에서 외로움과 소외감을 느낀다.
그것은 아내가 남편에게 조금 싫증날 때쯤부터 시작된다.

내 자신도 그렇지만 여자들 대부분은 무엇인가를 하려고 할 때 자신을 납득시킬 이유를 필요로 한다.

그것은 남자에게도 필요하지만 여자 쪽이 작은 일에 이유를 찾는다. 예를 들어 다이아몬드를 산다든가 하는 큰일이 아니더라도 소소한 일에라도 자신을 납득시키지 않으면 왠지 미안한 마음이 들기 때문이다.

십만 원짜리 나훈아의 디너쇼에 가고 싶을 때 십만 원이 있으면 아이들 과외를 시킬 텐데라든가, 십만 원 버는 일이 얼마나 힘이 드는데라고 생각하고 동요한다.

낮잠을 자고 싶을 때도 마찬가지다. 부엌도 치워야 하고 다림질도 해야 하고라든가, 남편은 지금 일하고 있는데라든가 생각한다.

아무 것도 생각하지 않는 여자도 있겠지만 생각하는 여자가 많기 때문에 자신에게 주는 선물이라는 말은 여자한테서만 나온다.

이 말은 음악회든 다이아몬드든 낮잠이든 거의 모든 일을 승낙

하고 납득시키는 힘을 갖는다. 그 이상의 납득의 말을 달리 찾을 수가 없다.

내 친구는 일회에 수십만 원 하는 피부관리실을 한 달에 한 번 꼴로 가지만 그때마다 언제나 말한다.

'내 자신에게 선물을 줘야지'라고.

남자들처럼 모든 걸 한마디로 납득할 수 없는 게 여자이다. 결과적으로 다이아몬드도 사고 낮잠도 자지만 그 결단의 과정이 실은 재미있지 않은가?

나는 아무리 바빠도, 단행본 원고 마감이 한 시간 후라고 해도 좋아하는 가수의 콘서트와 영화는 꼭 보러 간다. 갈 상황이 아닌 것을 누구보다도 내 스스로가 알면서도 그렇다.

원고 마감이 머릿속을 스치지만 그럴 때조차도 '며칠 밤새며 분발했으니까 나에게 선물을 줘도 괜찮은 것 아냐?'라고 생각하면 거짓말같이 원고 마감이 머릿속에서 사라진다.

그러나 편집장한테 먼저 그런 소릴 들을 때가 있다.

"며칠 고생했으니까 좀 쉬세요. 인쇄는 며칠 있다 들어가면 되니까요."

그러면 나는 반사적으로,

"아녜요. 지금 그럴 때가 아니죠."

하고 대답한다.

물론 나는 영화도 보러 가지 않고 가요 콘서트도 포기하고 최종 원고 교정을 본다.

출판사의 편집장 말고 이 세상 남편이 이런 걸 시도해 보면 어떨까?

"당신 너무 고생만 했으니까 가을 바람 불어오는데 옷이라도 한 벌 사 입지 그래. 아니면 돌아오는 생일에 다이아몬드라도."

단 주의할 점은 아내의 성격을 잘 분석한 다음에 말해야 한다. 행여 진짜 사버리는 아내도 있을 테니까.

문제는 여자들뿐만이 아니다.

결혼한 남자들을 보면 슬프다. 가슴이 메일 때가 있다.

물론 전부라고는 말할 수 없다. 그 중에는 실컷 바람 피우고 도박하고 폭력을 휘두르고 술버릇 나쁘고 그런 남자들도 있으니까.

그러나 일반적으로 봤을 때 결혼한 남자들 대부분은 무엇이 즐거워서 살아가는 것일까 하는 생각이 들 때가 있다. 아내와의 사이는 좋은 것도 아니고 나쁜 것도 아니고. 이혼할 정도도 아니고.

그렇다고 두근거림 같은 것은 이미 존재하지 않고. 아들은 부모와는 상대도 안하고 딸은 어머니하고만 얘기하고 같이 쇼핑도 여행도 간다.

남편이자 아버지인 남자는 가정 속에서 소외감을 느낄 뿐이다.

가정 속에서의 외로움과 소외감은 아내가 조금 남편에게 싫증이 날 때쯤부터 서서히 남자를 침식해 들어간다.

학생 시절 그렇게 눈부시게 활동하고 놀고 꿈에 부풀었던 남자들이 마치 밀려난 듯이 보이는 것은 슬프다.

남자들이여, 여자에게 하고 싶은 말은 모두 해야 한다고 나는 생각한다.

물론 해서는 안 될 '최저한의 룰'은 있지만.

싸울 정도라면 차라리 입 다물고 있는 편이 낫다고 많은 사람들
은 그렇게 말한다.
　남자들은 그것과는 반대로 인생의 후반을 쓸쓸하게 살아가는 것
을 겁내는 것일까?

인생 속에서, 사랑 속에서

여자는 남자와 달리 언제나 생활보다도 인생을 소중히 여긴다.
여자는 세뇌의 말에서 인생을 찾으려고 하고
남자는 연애 속에서 생활을 바란다.

생활과 인생은 다르다.

생활은 말할 필요도 없이 매일 모든 사람들이 보내는 일상의 반복이다. 빛바랜 매일이다.

현실은 꿈 같은 게 아니다. 우리들은 단조롭고 때로는 숨막히는 매일을 짊어져야 한다.

그럴 때 그 생활 속에서 숨통이 확 트이는 말 한마디면 상황이 달라지는 경우가 있다.

빛바랜 생활을 완전히 갱신하는 말. 생활과는 다른 인생을 연상시키는 말.

무슨 말인가 하면 '모든 사람이 나를 버려도 당신만은 나를 따라와 줄 것 같애'라는 말이다.

이처럼 여자에게 매력적인 문구는 없다. 세뇌하는 말이다. 그 말은 인생을 느끼게 하는 세뇌 문구다. 그 위에 꽤 잔손이 간 속삭임이다. 여자의 자존심을 자극시키는.

자기에게도 언젠가 고독한 날이 온다는 암시. 여성의 모성애를 자극시킨다.

오직 당신 한 사람만이 따라와 준다는 표현으로 자기들 두 사람이 확고한 동반자라는 암시가 있다. 인생을 느끼게 한다.

이처럼 세뇌시키는 말은, 짧지만 여러 가지 계산이 들어 있어서 똑똑한 여자가 거기에 넘어간다 해도 무리는 아니다.

많은 여자가 그런 세뇌의 말에 약한 것은 그녀에게 그것을 기피하는 무엇인가가 있어서이다.

여성은 남자와 달리 언제나 생활보다도 인생을 소중히 여긴다.

남자가 관심 있는 것은 인생보다도 운명이라고 어느 유명한 시인이 말했다. 틀린 말이 아닌 것 같다.

그래서 여자는 남자보다 생활 속에서 숨막힘을 더 강하게 느낀다.

여성들은 빛바랜 생활에서 인생으로 탈출할 수 있는 티켓을 항시 갖고 싶어한다.

그것은 연애가 아니어도 좋다. 인생을 느끼게 하는 일이랑 종교여도 좋다. 허기진 마음이 흩어져서 세뇌의 말은 아무튼 인생을 느끼게 하니까.

그래서 거기에 흥분해 버리는 것이다.

세뇌의 말에 걸려든 여자는 그날부터 그 말을 하나의 지울 수 없는 꿈으로 삼고 살아간다.

대부분의 남자에게 세뇌의 말은 그 장소에 한한 것뿐이다.

그녀가 자신의 여자가 된 순간부터 그에게는 별 의미가 없는 약속이다.

이런 얘기를 쓰는 건 그런 과정을 거쳐서 함께 되고 다시 헤어지는 걸 많이 봤기 때문이다.

아마 여자는 세뇌의 말에서 인생을 찾으려 하고, 남자는 연애 속에서 인생보다 생활을 바라는 모양이다.

시대에 뒤떨어진 여자

문명생활이 진보하면 할수록 인간은 황망하고 곰상스러워진다.
그래서 인생을 어떻게 살아야 하는가 하고 생각할 여유가 없다.

여동생이 언니도 컴퓨터를 들여 놓아야 한다고 야단이다. 들여 놓기만 하면 책임지고 가르쳐 주겠다는 것이다. 그런데도 도저히 자신이 없고 내키지가 않는다.

연필로 원고를 쓰고 있는 나를 주변은 시대에 뒤떨어진 여자라고 웃는다. 연필 냄새를 맡으며 원고지의 한 칸 한 칸을 메워 가는 게 나는 더없이 좋은데 말이다.

결국 나는 컴퓨터 영업사원의 설명을 듣게 되었다. 설명을 혼자 듣는 것도 불안했다. 시대에 뒤떨어진 여자라고 나의 기를 죽이던 여동생이 부재중이어서 조카에게 동석을 부탁했다. 내 조카는 초등학교 6학년인데 컴퓨터에 관해서는 실력자이다.

영업사원이 초보적인 설명을 시작했다. 예상대로 나는 전혀 알아들을 수가 없다. 이해가 안 간다.

그 설명은 이 세상 사람들은 모두 이해할 수 있는 수준인 모양이다. 영업사원은 나도 당연히 이해하고 있는 것으로 보고 설명을

해나간다. 도저히 이해할 수 없어서 몇 가지 질문을 했더니 영업
사원은 절망적인 얼굴로,

"혹시 워드프로세서하고 컴퓨터의 구별이 안 되는 것 아니세요?"
라고 했다.

될 리가 없다. 나는 겨우 연필과 워드프로세서를 구별할 뿐이다.
절망한 영업사원을 돕기라도 하듯 조카가 거들었다.

"이모, 컴퓨터의 하드라는 건 단순히 상자야. 빈 상자."

나는 과자의 빈 상자는 이해가 되지만 컴퓨터의 빈 상자는 이해
가 안 간다.

"그럼 빈 상자를 몇백만 원씩 주고 산단 말이니?"

나의 질문에 조카가 끈질기게 설명을 한다.

"그러니까 이모, 소프트 즉 프로그램을 넣으면 빈 상자가 안 되
는 거야. 여러 가지가 된다니까."

그렇게 말하고 여러 가지를 해 보인다.

그것을 보고 절대로 나는 CD와 구별이 안 된다고 묘한 확신을
했다. 분명 나는 컴퓨터에 조용필의 CD를 넣고 〈창 밖에 여자〉
가 나오길 기다릴 것이 뻔하다.

말이 나왔으니 말이지 나는 지금도 전화기의 다이얼은 돌리는
것이지 누르는 게 아니라고 주장하고 싶은 사람이다. 호텔이나 고
급 음식점에 있는 자동문도 못마땅하다. 걸어가면 저절로 문이 열
린다는 것은 인간의 타락이라고 생각하는 시대에 뒤떨어진 여자
다. 전기제품에 둘러싸인 쾌적한 생활을 별로 좋아하지 않는다.
전기제품은 세탁기와 라디오 정도로 족하다고 생각한다.

요즘에는 문명의 이기(利器)라는 말은 아예 쓰지도 않는다. 죽어버린 용어다.

일체의 전기제품은 이기가 아니라 밥그릇이나 젓가락처럼 일상생활 속에 융합되어 있다.

인간은 이미 어떤 문명의 이기에도 놀라지 않게 되었다. 바다를 매립해서 도시를 만들어도 놀라지 않는다. 자연을 파괴해서 멀지 않아 자연으로부터 놀라운 보복을 당해도 놀라지도 후회하지도 않을 것이다.

문명생활이 진보하면 할수록 인간은 황망하고 곰상스러워진다. 그래서 인생을 어떻게 살아야 하는가 하고 생각할 여유가 없다. 매일 긴장하는 생활 속에서 노이로제가 생긴다. 심지어 노이로제 증상이 없는 인간은 모자란 사람으로 취급당하는 경향마저도 있다. 둔감하니까 그렇다는 식으로. 얼마 없어 문명 세상 속에서 반병인이 되는 것이 건전한 인간으로 있는 증거다라는 식이 될지도 모르겠다.

아무리 생각해도 나는 컴퓨터가 싫다. 사용하고 싶지 않다.

역시 나는 시대에 뒤떨어진 채 쓸쓸한 아주머니로 있을 수밖에 없는 모양이다.

싹싹한 아주머니래

나도 작가답게 보이는 인간이 되고 싶다. 작가답다는 것은
경험이 풍부하고 지적이고 품위가 있고 침착성이 있음을 얘기하는 모양이다.

어느 모임에서 한 남자가 내게 작가답지 않은 사람이라고 했다. 작가다운 게 어떤 것인지는 모르지만, 그런 소릴 들을 때마다 나는 이상한 기분이 든다. 별로 유쾌하진 않지만 화를 낼 수도 없으니까 신경을 안 쓰는 척한다.

등단해서 원고료를 받고 있으니까 나도 작가답게 보이는 인간이 되고 싶다.

작가답다는 것은 다시 말해서 경험이 풍부하고 지적이고 품위가 있고 침착성이 있음을 얘기하는 모양이다.

나는 전혀 그렇게 보이지 않고 그냥 싹싹한 아주머니라는 것이다. 그런 소릴 들으면 아무리 내 스스로 자부심을 갖고 있다 해도, 내가 지적이고 품위 있고 침착함을 갖고 있는 여자라고 말할 수가 없다.

"그래요? 역시 그렇게 보이세요?"

하고 물러날 수밖에 없다.

세상에는 예의라는 게 있다. 예를 들어 상대의 다이아몬드가 이미테이션이라는 것을 알았다 해도,

"어머, 멋있다. 훌륭한 다이아몬드네요."

라고 해 보이는 게 예의, 아니 정이라는 것이다.

"이거 이미테이션이야."

라고 상대가 말하면 그때 비로소 놀란 얼굴로,

"어머, 정말 몰랐어."

라고 하는 것이 서로 편하지 않은가.

'작가답지 않게 싹싹한 아주머니'라고 할 때 본인이 아무 말도 안 하고 있으면 '어머 진짜 같은 가짜네'라고 말하는 것과 같은 얘기가 아닐까.

내가 그런 얘기를 하면서 흥분하고 있는 걸 보고 옆사람이 말했다. 그건 비방하고 있는 게 아니라 인사치레로 하는 얘기라고.

"어째서 싹싹한 아주머니가 인사치레가 되지?"

나는 더 화가 났다.

"싹싹한 여류작가라면 인사치레라고 알아듣지만, 아주머니라니? 아주머니가 뭐냐 말예요?"

그러자 그 옆사람이 나섰다.

"뭘 그러세요? 사실 아주머니 아니신가요? 아저씨라고 한 것보다는 낫잖아요?"

"그래, 차라리 아저씨라고 하는 편이 좋다구요. 그쪽이 재미가 있잖아요. 아주머니라는 말의 부정적 뉘앙스로 기를 죽이려는 태도에 나는 모욕을 느낀다구요."

그런데 '여류작가답지 않은 싹싹한 아주머니'가 왜 인사치레가 되는지. 요즘은 무엇이든지 '답지 않다'라는 게 매력이라는 생각을 하고 있기 때문이다.

예를 들어 주부는 '주부답지 않다'는 소리를 듣는 걸 좋아한다. 주부답지 않은 주부는 주부다운 주부보다도 매력적이라는 것이다.

주부답지 않은 주부란 길을 가다가 남자가 '차 한잔 하실래요?'라고 말을 건네오면, '뭐요? 아니 언제 봤다고 차야, 차는? 웃기고 있네'라고 얘기하지 않는 주부다.

다시 말해서 융통성이 있고 성적 매력이 있는 게 주부답지 않은 주부의 이미지라는 얘기다.

교사 중에도 교사답지 않은 교사라는 얘기를 듣고 만족스럽게 생각하는 교사도 적지 않다.

교사답지 않은 교사란 '너희들 오늘이 있기까지엔 부모님과 이웃과 선생님들이 있었다는 걸 잊지 말고 저절로 감사와 겸허한 반성이 너희들 가슴에…'라는 열변을 토하지 않는 교사다. 컨닝하는 것을 눈감아 주고, 남녀 학생이 공원을 걷고 있는 것을 봐도 모른 척하는 교사라는 것이다.

호스테스답지 않은 호스테스, 은행원답지 않은 은행원, 신랑답지 않은 신랑, 헤아리면 끝이 없다.

지금은 누구든 그답지 않게 보이는 걸 기쁘게 생각하는 시대인 모양이다.

사기꾼이 사기꾼답지 않다는 소릴 듣는 것은 기뻐할 일이다. 그것은 이해를 한다. 사기꾼답게 보이면 일을 그르칠 테니까.

그러나 그 이외의 사람이 그답지 않다는 소릴 듣고 만족해 하는
게 아무래도 이해가 안 간다.

세상의 혼란을 막기 위해서라도 모두 그 나름대로 그답게 있어
줬으면 하는 게 나의 바람이다. 사기꾼이 사기꾼다웠다면 나도 사
기당할 일도 없었을 테니까.

이삿짐을 풀고 난 며칠 뒤 차임벨이 울렸다.

"누구세요?"

하고 나가 보니 훤칠한 키의 신사가,

"안녕하세요? 세운사에서 왔습니다."

라고 했다.

"세운사요? 무슨 일이세요?"

"세탁물 있으면 맡겨 달라구 인사 왔어요."

"아! 네. 세… 탁… 물… 요?"

세탁소 아저씨답지 않은 세탁소 아저씨가 여기 또 있었다.

나처럼 잘 먹고 잘 자고 열 잘 받는 여자를 작가답지 않은 여자
라고 해서 섭섭할 게 없다.

요즘엔 '답지 않은 사람'이 매력적이라고 평가받고 있는 세상이니
까.

작가답지 않은 싹싹한 아주머니 쪽이 훨씬 매력적이다.

황혼

중요한 것은 젊은이들에게 노인의 존재가 필요하다는 것을 알리는 일이다.
위급한 일이 닥쳤을 때 좋은 지혜를 빌릴 수 있다는 신뢰를 주는 노인이 되는 일.

　최근엔 친구들이 만나면 양로원에 가는 얘기가 나온다. 이미 자식들에게 기대하는 시대가 아니라는 것이다. 그러니 어떻게 해서든 자기 몫의 돈을 만들어서 배짱 편하게 양로원에서 편히 지내다가는 게 낫다는 얘기다.

　물론 예전과 달리 요즘 양로원은 실버타운이라 하여 호화롭고 그야말로 온갖 혜택을 다 누릴 수 있는 설비를 갖추고 지어지고 있다.

　게임장, 사교 파티를 열 수 있는 장소, 뷰티살롱, 운동기구, 취미와 여가선용을 할 수 있는 시스템이 모두 구비되어 있으니까 돈만 있으면 얼마든지 삶의 질을 높일 수 있다고 모두 입을 모은다.

　벌써 그런 나이가 됐나 하는 생각을 해 보지만 그래도 좀 빠르다는 생각이 든다.

　20년이나 뒤의 얘기를 지금부터 하지 않으면 안되는 부모의 의식이 왠지 슬프다.

남녀 상관없이 중년이 잃어버린 자신감의 양(量)은 옛날 전쟁중에 억지로 충성심을 주입시킨 양과 같은 양이 아닌가 생각한다.

자신이 없는 것과 이해의 빠름이 꼬여서 양로원 행이라는 코스를 생각해 냈다.

다시 얘기하지만 나는 양로원 행이 좋지 않다고 얘기하는 것은 아니다. 이상하게 제멋대로 하는 젊은이들로부터 자신은 쓸모없는 인간이라는, 자신을 잃어버리는 자체가 한심스럽다.

영리한 고양이는 주인에게 폐를 끼치고 싶지 않다고 생각하고 죽음이 다가오면 집을 나간다고 한다.

그러나 우리들 중년은 고양이가 아닌 이상 쥐를 잡을 수 없게 됐다고 해서 양로원에 몸을 숨길 필요는 없지 않은가.

노인은 연로(年老)함으로써 결국 장물(長物)이 된 것일까?

예전의 노인은 필요 이상으로 행새를 했다. 그 반동인지 지금의 노인은 필요 이상으로 지나치게 사양한다.

"이제 젊은 사람들을 방해는 하지 말아야죠. 젊은이들에게는 젊은이들의 방식이 있으니까. 여러 가지 충고할 점도 있지만…."

마음속에서부터 기쁘게 은퇴하는 게 아니라 어쩔 수 없는 슬픈 포기가 담겨져 있다.

중요한 것은 젊은이들에게 노인의 존재가 필요하다는 것을 알리는 노인이 되는 일이다.

경험자로서 위급한 일이 닥쳤을 때 좋은 지혜를 빌릴 수 있다는 신뢰를 젊은이에게 주는 노인이 되는 일.

보통때는 잔소리 많은 시어머니, 고집불통 아주머니라도 신뢰와

존경을 가지고 있는 인간이라면 젊은이들은 한눈에 그 존재를 필요로 한다.

같은 양로원에 가도 아이들의 가슴 일각에 존재하고 있는 경우와 늙은 고양이처럼의 양로원 행과는 큰 차이가 있으니까.

꽃처럼, 세월처럼

꽃도 손질해 주는 사람이 없고 봐주는 사람이 없으면
금세 시들고 죽어 버린다. 그런 점에서는 여자도 같다.

눈 깜짝할 사이에 여름이 끝나 버렸다.

여름뿐만 아니라 5월도 4월도 2월도 의식 속에 깊게 들어오기도 전에 지나가 버렸다.

무엇인지 여러 가지가 아주 빠른 속도로 내 옆을 지나쳐 가버린 느낌이 든다.

매년 5월이면 베란다에 조그맣게 만들어 놓은 꽃밭에는 수국이 피는데.

올해는 특히 5월의 기억이 의식에서 완전히 빠져 버렸다. 내 방 책상 앞에서 보이는 베란다의 꽃을 쳐다본 기억조차도 없이.

가끔 사람들에게 일을 열심히 한다는 소릴 듣는다. 그런데 나는 한번도 열심히 한다는 생각을 해본 적이 없다.

내 주변을 스쳐 지나가는 시간의 빠름을 느낄 때, 오히려 나는 열심이지 못함을 통감한다.

아무 것도 할 수 없었던 올 여름은 병실에서 짐짓 시간 따위 제멋대로 흘러 버려라 하고 심술스러워지기도 했다.

내가 시간의 에스컬레이터에서 내렸다고 해서 무엇이 어떻게 되는 건 아닐 테니까.

어느 날 병실에 후배가 찾아왔다.

미혼인 그녀는 결혼생활에 꿈을 꾸고 있었다. 그녀의 행복한 얼굴을 보고 부러웠다.

나는 이미 출산의 가능성도, 새로운 결혼생활도, 거기에 따르는 생활의 기복도 두번 다시는 없으리라는 생각에 쓸쓸한 기분이 들었다.

부부싸움이랑 기쁨을 얻을 수 있는 후배의 존재가 갑자기 눈부시게 보였다. 에너지가 넘쳐 보이는 그녀의 눈은 아름다웠다.

출산이 주는 고독과 그 우주적인 아픔을 나는 이제 두번 다시는 체험할 수 없다.

시간의 흐름이라고 해도 좋다.

후배에게는 천천히 흐르는 시간 같고, 내게는 특급열차처럼 빠르게 흘러버리는 시간처럼 느껴지는 것은 왜일까? 똑같은 시간일 텐데.

역시 나는 잃어버리는 젊음에 대해 불만인 모양이다.

문득 베란다의 꽃밭을 내다보았다.

내가 병실에 누워 있던 사이에 마음껏 자란 잡초들, 벌레와 온기와 태양 직사에 목말라 죽어 버린 꽃들. 수국이랑 금잔화랑 팬지랑 코스모스. 씨를 뿌려서 꽃이 필 때까지 내가 정성을 들인 유일한 꽃들이다.

잡초는 무심하게 내버려 둘수록 잘 자라는데 꽃은 다르다. 손질
해 주는 사람이 없고 봐주는 사람이 없으면 금세 시들고 죽어 버
린다. 그런 점에서는 여자도 같다.

또 야단이네

남자는 거짓으로 웃긴 해도 마음속에서는
복잡하게 생각하는 동물이다.

자랑은 아니지만 우리 집안은 모두 술을 잘 마신다. 남녀 상관
없이.

지금은 돌아가시고 안 계신 아버지도 약주를 대단히 좋아하셨다.
오빠도 남동생도 술자리라면 사양을 안한다.

그래서인지 나는 술마시는 사람들에게 별 저항이 없다.

나만 해도 젊었을 때는 멋도 모르고 술을 양(量)으로 마셨다. 그
런데 지금은 내 여동생과 와인 한 병을 둘이서 나눠 마시는 정도
가 주량이다.

술 좌석은 싫지 않다. 권유를 받으면 대개 거절을 못한다.

좋아하는 사람들과 술을 마시고 큰소리를 내서 웃고 있으면 화
났던 일도 잊어버리는 편리한 인간이니까.

그런 나를 보고 참 단순한 여자라고 말하는 남자도 있다. 남자는
거짓으로 웃긴 해도 마음속에서는 복잡하게 생각하는 모양이다.

술 마신 뒤 왠지 속이 안 좋다고 라면 같은 걸 먹는 사람의 기

분을 나는 잘 모르겠다.

나도 별 안주 없이 술을 마셨을 때는 나중에 배가 고파서 뭔가를 먹는다. 대부분 별 안주 없이 술을 마시는 일은 거의 없지만.

나는 원칙적으로 푸짐하게 안주가 있어야 술을 마신다. 알콜에 위랑 간이 비명을 지르지 않게 달래 가면서.

왜 한국의 아저씨들은 술 마신 뒤 배가 고픈지 모르겠다. 내 동생만 해도 밖에서 실컷 술 마시고 와서 집에서 또 밥이나 라면을 먹는다.

나의 오빠도 마찬가지다. 술 마시면서 안주도 먹고 저녁도 먹고 배가 불렀을 텐데, 새벽 두 시고 세 시고 다시 라면을 끓여 먹고 잔다.

그러니 자는 동안에 늘어나는 것은 체중뿐이다.

아마 남자는 잠재적 불만을 품고 있으면서 마시니까 그런 게 아닐까 하는 생각이 든다.

마음에 드는 여성이 있는 술집에서 무리한 돈을 쓰며 마시는데 그녀가 전혀 신경을 써주지 않았을 때, 어차피 난 집에서든 밖에서든 혼자라는 기분이 든다거나, 왜 그 자식은 승진하는데 난 못하는가라든가, 아니꼽게 구는 부장을 죽이고 싶다든가 하는 불만을 갖고 술을 마시니 그럴 수밖에 없을 것이다.

불만을 가슴속에 담고 술을 마시니 위가 견디질 못하는 게 아닌가. 육체와 정신은 같이 움직이니까.

맞는 얘기인지도 모르겠다.

주변을 보면 여자들의 술 마시는 방식은 냉정하다. 과음했다는 생각이 들면 거기서 끝낸다. 또 마신 후 기름진 라면 같은 것은 안 먹는다.

이를 닦은 후 피부가 거칠어지지 않게 비타민C의 정제를 먹는 정도다. 나는 소화제를 먹어 둔다.

그런 면에서 여자가 남자보다도 자기 호신이 강한 것 같다.

대체로 여자는 남자보다도 정신구조상 씩씩하다.

남동생이 술 마시고 들어와서 부엌에서 라면 끓이다 부부 싸움이다.

"고모가 그러는데 남자들이 씩씩치 못하니까 허기가 져서 그렇대요."

하고 올케가 언성을 높인다.

"씩씩치 못하다고? 아니 배고파서 라면 좀 먹겠다는데 왠 말이 많아!"

남동생도 지지 않는다.

"그러니까 좀 불만을 갖지 말고."

올케는 내게 들은 풍월로 중구난방이다.

"쳇, 라면하고 불만하고 무슨 상관이 있어."

남동생은 끝까지 맞대꾸다.

"먹고 자니까 살이 찌죠."

"아 시끄러워. 여자들이 밤늦은 시간에 라면을 먹는 남자의 깊은 뜻을 어떻게 알겠어!"

"고모 얘기가 밤중에 라면 먹는 남자치고 별볼일 있는 남자가 없대요!"

올케는 자꾸만 나를 끌어들인다.

"밤에 별을 보지 낮에 보나? 누님은 왜 그렇게 무식한 얘기만 하지?"

부부 싸움을 할 때마다 왜 나를 끌고 들어가는지 알 수가 없다.

아무튼 입조심은 해야겠다.

조용한 생활

20대의 나는 정말 생활감이 없는 나날을 보내고 있었다.
관념적으로밖에 세상을, 인간 세계를 볼 수 없었다.

마르그리트 뒤라스의 처녀작 《조용한 생활》을 읽은 것은 20대 후반이었다.

이렇다 할 계기는 없었다. 서점에서 우연히 손에 넣었다는 것뿐이다. 그런데 읽고는 강한 충격을 받았다. 꼭 구원을 받은 기분이었다.

그 후 《조용한 생활》은 나의 애독서로 몇 번이고 반복해서 읽고 있다.

뒤라스의 이 소설은 나의 20대에 과제를 주었다. 《폭풍의 언덕》도 그렇지만 과제를 주면서도 대답이 작품 속에 있었다.

그러한 매력 때문인지 《조용한 생활》과 만난 이후 뒤라스의 작품은 거의 읽었다. 모데라토 칸타빌레도 좋았다.

20대의 나는 정말 생활감이 없는 나날을 보내고 있었다. 관념적으로밖에 세상을, 인간 세계를 볼 수 없었다. 한편 그런 내 자신에게 애가 탔다.

《조용한 생활》에는 그런 나의 결핍된 부분을 명쾌하게 지적해 주는 생활이 그려 있었다.

생활이 빈틈없이 꽉 차 있고 관념과 거기에 움직일 수밖에 없는 주인공이 있었다.

관념으로서의 죽음이랑 악이랑 살의가 생활 속에 자유롭게 드나드는 모습.

관념과 생활의 경계선이 한계까지 접근해서 사고가 생기면 광기의 냄새가 슬쩍 비친다.

20대의 나는 자신 속에 숨어 있는 광기에도 겁을 내고 있었다. 현실의 생활감은 희박했지만 그 광기는 내 나름대로의 현실과 관념 사이를 왔다갔다했다.

나는 어떻게 해서든 현실의 확실한 손잡이가 필요해서 언제나 비뚤어져 있었다.

당시 글쓰는 일에 빠져 있었던 나는 글쓰는 게 그 손잡이였다. 《조용한 생활》은 그런 광기를 긍정해 주고 있었다.

나의 20대는 세간이라는 것을 증오했다. 이른바 상식, 세간이라는 건 내 자신을 광기에 빠뜨리려고 하는 데 언제나 방해가 되었으니까.

광기라는 표현보다 이제 와서 생각하면 몰두나 열중이라고 해야 옳을 것 같다. 일에 몰두하고 사랑에 몰두하는 걸 배워 준 책이 뒤라스의 《조용한 생활》이다.

광기를 몰두라고 해석해 보는 건 나도 나이가 들었다는 증거인가 보다.

남자의 에고이즘 · 1

남성을 칭찬하는 최고의 표현에 '남자다운 남자'라는 말이 있다. '여자다운 남자'라는 소리를 듣고 칭찬받았다고 생각하는 남자는 없다.

여자 중에는 남자다운 여자라는 얘기를 듣고 기뻐하는 여자는 의외로 적지 않다. 남성적이라는 말은 예부터 지금까지 변함없이 인간적인 매력으로 보여져 왔나 보다.

그러나 그 남성의 본질 속에는 반드시 훌륭한 면, 좋은 면만 있는 게 아니다.

동화책 같은 데서 보면 여자는 언제나 마녀라든가 하는 나쁜 아주머니로 등장시키지만, 남자가 숨기고 있는 에고이즘의 더러움은 여자의 단순한 에고와는 비교할 수 있는 게 아니다.

남자는 두뇌가 치밀하다. 감정에 좌우되지 않는다. 인내력이 있고 객관성을 가지고 있다. 그런 등등의, 여자에게는 없는 남성의 미점(美点)이라는 게 여성처럼 단순한 감정의 기복으로부터 나오는 것과는 다르다. 잘 보이지 않고 속기 쉽다.

남성의 에고이즘 중에 가장 단적으로 나타나는 것은 출세욕과 권세욕이다. 거기엔 그에 얽힌 남자들의 더러움이 있다.

그런 것이 남성에겐 인생에 대한 행복은 자신의 우월을 자타가 인정하는 일. 뛰어나게 우수해서 남을 이기는 데 있다.

사회나 어떤 그룹을 봐도 그 중에서는 세력을 두고 다투는 일이 얼마나 많은지 모른다.

그런가 하면 올바름에 눈을 감는 게 어른인 것처럼 이상한 착각 속에 살아간다.

예부터 떠벌리고 남의 험담을 하고 질투하는 것은 여자라고 생각해 왔다.

그러나 남자의 생태를 주의해서 보면 반드시 그런 것만은 아니라는 걸 알 수 있다. 출세하고 싶다, 유명해지고 싶다는 욕망에 싸여 있지만 현실이 거기에 따라 주지 않을 경우 남자의 질투랑 원한은 여자의 그것과는 비교가 안 된다.

여자의 질투는 감정에서 나오지만 남자의 질투는 본능에서 나온다.

남자의 자존심의 강함은 웬만해서 여자에게는 이해할 수 없을 정도다.

자신을 실제 이상으로 잘 보이려고 선전하거나 상사의 맹점을 파헤치는 것도 자존심의 상처를 회복시키려고 하는 무의식의 표현이다.

우리나라의 남자에게는 무엇이든 일 때문에, 출세 때문에라고 하면 어떤 일도 통용될 수 있는 이상한 사고방식이 있다. 밤새 화투를 치는 것도 일 때문이고 출세 때문이다.

그래서 아내랑 아이들은 아버지를 위해서 참는 게 미풍이라고 해왔다. 거기에 남성은 일 때문이라는 대의명분을 내세워서는 제멋대로 해왔다.

'회사 동료들하고 의리상 하는 교제의 중요함을 몰라?' 하는 이 한마디는 아내에게 특효약이라는 걸 그는 잘 알고 있다.

자기는 유능하지만 그 능력은 지금 이해되지 않는다. 현대는 정말 유능한 인간은 출세할 수 없는 구조로 되어 있다고 열변을 토하던 아버지들도 요즘에는 조용하다. 그게 슬프다.

남자의 에고이즘 · 2

남자의 에고이즘이 줄어든 게 아니라
변형된 것뿐이다.

요즘 남성은 예전에 비해 여성적으로 변했다.

남자는 여자에 대해 왕년의 권력을 잃어버린 것처럼 보이는 것도 사실이다.

일요일엔 가정 서비스로 청소며 빨래, 아이들과 놀아주기 등 슈퍼에도 같이 가고 요리까지 거든다.

평일 아침에도 아내가 남편보다 일찍 일어나는 일이 없으니까 대개 아침은 거르고 출근한다. 저녁에는 저녁대로 아이들 목욕을 시키고 갓난 아이가 있을 경우에는 우윳병도 소독해야 한다. 그러나 이런 현상 때문에 가정에서의 남성의 에고이즘이 반감했다는 결론을 내리는 것은 빠르다. 남자의 에고이즘이 줄어든 게 아니라 변형된 것뿐이다.

예전의 남편은 한 가정의 주인으로서 권력 위에 정좌를 하고 앉아 지진·폭풍·불 다음으로 여자를 비예하였다. 대신 무슨 일이 일어났을 때는 아내는 '여보, 부탁해요'라는 한마디를 하면 그것으로 좋았다.

그러나 지금의 부부는 다르다. 예전의 남편처럼 뽐내는 대신 지금의 남편은 '자기야, 어떻게 좀 해봐. 자기도 좀 거들라고' 그런 식이다.

'우리 각시는 괜찮아. 내 수입의 배는 받을걸' 등의 아내의 자존심을 세워 놓고 자신의 수입은 빈틈없이 용돈으로 쓰는 수법이다.

호탕함이라든가 남자다움이라든가 엄격이라든가 하는 말이 남자한테서 없어졌다는 것은 남성이 남성 평등의 견지에서 그것을 없애려고 노력해서가 아니다.

그것이 없는 게 그들에게 있어 편한 생활방식이라는 것을 느꼈기 때문이 아닐까?

뽐내던 덕분에 무엇이든 혼자서 가족을 부양해야 하는 괴로운 인생보다는 뽐내지 않고 여자에게 도움을 받는 편이 이익이다. 저자세, 공처, 집에서는 아무 소리 못하는 가장이라는 등등의 말을 하면서 실은 하고 싶은 일을 마음껏 하고 있는 것 같다.

원래 남성은 여성보다 강한 에고이즘을 갖고 있는 동물이다. 왜냐하면 사회 속에 살아가려면 에고이즘이 없이는 살아갈 수 없으니까.

에고이즘은 인생의 투지와 크게 관계가 있다. 종종 에고이즘이 강한 남성이 매력적으로 보이기도 한다.

사회가 세분화되고 거기에 살아가는 인간 한 사람 한 사람이 기계의 부분품처럼 되어 일하는 현대의 샐러리맨은 투지가 없어졌다. 동시에 예전의 남성적 에고이즘은 희박해졌다. 곰상스런 에고이즘만이 널려 있는 느낌이 든다.

여자와 데이트했을 때 영화값은 내가 내지만 커피값은 어떻게 해서라도 상대에게 내게 하려는 마음을 갖는 그런 에고이즘.

또 전차 속에서 치한이 있을 때 잠자는 척하고 있는 에고이즘.

자신을 돋보이기 위해 일부러 풍채가 시원치 못한 부하를 데리고 바 같은 데 가는 에고이즘.

에고이즘 중에서 최고로 치사한 에고이즘은 이 곰상스러운 게 아닐까.

남자의 에고이즘 · 3

남자에게는 배신했다는 감각이 없다.
남자에게는 사랑이 전부가 아니니까.

남자는 여자에게 욕망밖에 갖지 않는다. 그것은 여자를 실망시킨다.

여자는 남자에게 애정밖에 갖지 않는다. 이것은 남자를 진절머리가 나게 만든다.

프랑스 작가 앙리드 몽테롤랑은 남자와 여자의 근본적인 차이에 대해 그런 얘기를 했다.

틀림없이 남성 중에는 여자를 사랑하고 사랑받는 일의 기쁨보다도 여자를 자신의 것으로 하는 기쁨 쪽이 더 크다는 생각을 하고 있는 것 같다.

한국에도 예부터 여자 쪽에서 걸어온 유혹에 겁을 먹고 뒷걸음질치는 것은 남자의 수치라는 말이 있을 정도다.

여자에게 애정이 없는 육체 관계는 생각할 수 없지만, 남자는 애정과는 무관계로 얼마든지 가능하다.

그 사람을 믿었는데 하며 울고불고 하는 여자를 여러 번 봤다.

자신을 배신하고 다른 여자에게 눈을 돌렸다고 하며 수라장을 벌이는 여자들.

그럴 때 남자는 어떻게 변명할 방법이 없어서 그저 그냥 고개를 들지 못하는 경우가 흔히 있다.

그러나 그런다고 해서 그가 이미 다른 여자에게 관심을 갖지 않는다고는 절대 말 못한다. 아마 그는 몇 번이라도 같은 일을 반복할 것이다. 남자의 사랑과 여자의 사랑과는 다르다고 몰래 중얼거리며. 형편상 고개를 숙이고 있을 뿐이다. 더 큰 것은 남자에게는 '배신'했다는 감각이 없다. 남자에게는 사랑이 전부가 아니니까.

남자 중에는 여자를 몇몇 정복했는가를 자랑하는 남자도 적지 않다.

여자에 대한 욕망을 남자의 특권이라고 알고 있는 것 같다. 중학교 시절 자장면 곱빼기를 열다섯 그릇 먹었다고 자랑하는 것처럼, 자기가 얼마나 강한 성욕을 갖고 있는가를 자랑하는 남자도 드물지 않다.

"에잇! 불결해."

하고 젊은 여자들은 그런 남자를 향해 말하겠지만 그런 남자들은 그런 말을 들어도 아마 만족스럽게 히히거리며 웃을 게 틀림없다.

예부터 남자에게는 여자처럼 한결같이 사랑에 자기 자신을 바치는 일이 불가능하다는 자신들의 에고이즘을 정당한 것으로 여자에게 인정시키려는 경향이 있다.

남자에게 가장 최고의 아내는 '공기와 같은 아내'라는 말이 있다. 솔직한 여자, 얌전한 여자가 남성에게 있어 이상적인 여자라는 것은 남성의 에고이즘에서 나온 얘기다. 반드시 예지에서 나온 것은 아닐 것이다.

여자는 사랑하면 결혼을 바란다. 그러나 남자가 결혼하는 것은 반은 습관에서, 포기에 의한 것이라는 말도 있다. 그 정도로 남자라는 동물은 결혼 때문에 자유를 잃어버리는 걸 두려워한다.

"저 여자 꽤 괜찮지만 곧 결혼해 달라고 말할 것 같으니까 가깝게 다가가지 말아야지."

그런 말을 하는 남성을 나는 몇 사람 봤다. 그 중에서도 교활한 남자는 처자가 있다는 것을 전제하고 여자를 설득한다. 무슨 일이 생겼을 경우 처자가 바람막이 벽이 되어서 여자의 공격을 막아 줄 테니까.

"결혼할 수 없었던 것은 너도 처음부터 알고 있었잖아?"

막상 무슨 일을 당했을 때 그가 준비해 둔 대사이다.

그런가 하면 독신주의를 표방해 두자는 주의를 사용하는 남자도 있다. 남자는 독신이 아니면 대담한 일은 할 수 없다라는 그럴듯한 핑계를 대지만, 사실은 아내랑 가정에 얽매여 모든 책임을 지고 싶지 않은 것이다.

그런 독신주의자는 대개 크게 연애를 향락하고 있지만, 남자는 그런 경우 어떻게 여자에게 붙잡히지 않고 연애를 즐길까 하는 것에 세심한 주의를 하고 있으니 언제나 불안하다.

그래서 그가 선택하는 여자는 노는 상대로 재미있는 여자, 분명한 여자, 연애에 익숙한 여자, 헤어질 때에도 웃으며 헤어질 수 있는 산뜻한 여자, 자립심 있는 여자 등에 한한다.

　그러면서 한편 그는 몰래 빨래랑 식사 준비랑 청소랑 입을 것 등에 먼지가 낀 것을 생각하면 문득 결혼을 생각해 보기도 한다.

　그래서 그는 슬며시 이런 얘기를 한다.

"온순한 여자가 없을까? 일 잘하는 여자, 꼼꼼한 여자, 왼쪽을 봐라 하면 종일이라도 왼쪽을 보고 있는 여자, 그런 여자가 있다면 결혼하고 싶다."

라고. 정말 농담도 쉬면서 하길 바란다. 남자들이여.

남자의 에고이즘 · 4

여자의 에고이즘은 감정이 중심이 되어 있지만, 남자의 그것은
이성이 중심이 되어 있다. 거기에 남자의 에고이즘이
정치성이 되어 나타난다.

남자도 가끔 여자에게 당하는 경우가 있다. 이런 경우는 말하자면 사기당하고 있는 것을 알면서 모르는 척하고 당하는 경우라는 얘기다.

그것은 감정적이고 정직한 여자에게는 절대 이해할 수 없는 남성의 에고이즘의 하나의 형태다.

다시 말해서 그에게는 사기당하는 쪽이 낫기 때문에 당하는 것이다.

여자가 남자에게 만일 의식적으로 사기당했다고 한다면 그것은 다 알고 있으면서 포기라는 형태로 사기당해 있는 경우밖에 생각할 수 없다.

그러나 남자는 계산에 의해 당할 수 있다. 지금은 당하는 편이 나으니까 당해 두자. 귀찮은 문제를 만들 정도라면 당하고 있자고 생각한다.

사과하는 게 유리하니까 사과해 두자라는 태도가 되고, 거짓말을

해두는 게 사정상 편리하니까 거짓말을 해두자는 얘기가 된다.

여자의 에고이즘은 감정이 중심이 되어 있지만, 남자의 그것은 이성이 중심이 되어 있다. 거기에 남자의 에고이즘이 정치성이 되어 나타나는 것이다.

예를 들어 자민련, 한나라당, 민주당 등의 의원이 국회의회장에서 거품을 물고 논쟁을 한다. 그러나 일단 국회를 나오면 서로 악수를 하고 농담을 주고받는다. 그런 풍경 속에는 남성 특유의 에고이즘이 움직이고 있다고 볼 수 있는 게 아닐까.

미워지면 완벽하게 미워지는 게 여성의 통유성이지만 정치적이라는 것은 결코 중은 밉지만 가사까지는 미워하지 않는다.

그것은 언뜻 남성의 관용성이라고 볼 수 있지만 근본은 남자의 에고이즘에서 나온 것이다.

도량이 크다라는 말의 뒤에는 종종 그런 정치성이 숨겨져 있다.

돈으로 살 수 없는 것

눈부심과 자존심은 힘들게 얻어지는 것이다.
모양만 젊고 기가 빠진 젊은이들에게는 거리가 먼 얘기다.

최근에는 쇼핑하는 일이 별로 없다.

돈을 내서 물건을 사는 데 흥미를 잃었는지 쇼핑을 거의 하지 않는다.

전부터 그런 것은 아니다. 돈에 관해서는 마흔일곱에 믿었던 친구 동생에게 사기를 당하고 나서 고통을 많이 받았다.

돈 때문에 마음 고생도 했고 일도 닥치는 대로 했다. 그것은 다시 한번 경제적인 자립을 하고 싶다는 마음을 불러일으켰고, 덕분에 무엇인가를 하면 지금과는 달리 집중해서 분발하려는 자세가 되어 있다.

어쩌면 내가 좋아하는 방식이었고 나는 그 정도의 그릇이었는지 모른다.

지금은 갖고 싶은 게 없다. 좋은 일인지 나쁜 일인지는 모르겠지만.

돈으로 살 수 있는 것에 대해서는 별것이 아니라는 생각을 갖게 되었다.

어렸을 때 나는 갖고 싶은 게 많았다. 예쁜 인형, 구두, 그런 것은 말할 것도 없고 피아노도 갖고 싶었다.

우리 집에는 피아노가 없었다.

학교 가는 길목에 피아노를 파는 가게가 있었다. 그 앞을 지나칠 때마다 갖고 싶다는 욕망으로 슬펐다. 매일 피아노 때문에 가슴앓이를 했다.

커서는 차를 갖고 싶었다. 결국 피아노를 배우고 운전도 하고 다녔다. 지금은 피아노도 안 치고 운전도 안한다.

무엇인가 갖고 싶다고 열망하는 것은 나쁜 게 아니다.

자기 나름대로 노력하고 힘들게 손에 넣고 나서 소중하게 다루는 것.

지금 생각해 보면 그렇게 금방 손에 넣을 수 없었던 게 좋았다는 생각이 든다.

압구정동 카페에는 커피 한 잔에 만 원, 양주 한 병이 백만 원이라고 텔레비전 뉴스에서 봤다. 전부 이십대들이 모이는 곳에서 말이다.

거기에는 청춘의 눈부심도 자존심도 없었다.

눈부심과 자존심은 힘들게 얻어지는 것이다. 모양만 젊고 기 빠진 젊은이들에게는 거리가 먼 얘기다.

아무리 시대가 바뀌어도 부모는 자식에게 필요 이상의 돈을 줘서는 안 된다고 나는 생각한다.

배신이라는 것

악인을 개심시키는 것은 말라 죽은 나무에
조각하는 것보다 어려운 것이다.

믿었던 사람에게 배신을 당하는 일은 살을 에는 것보다 더 괴롭다. 삼십여 년 우정을 나눠 오던 친구에게 배신당하고 게다가 꽤나 많은 액수의 돈까지 사기를 당한 뒤 나는 그것을 절실히 깨달았다.

석가(釋迦)도 재세 당시에 그의 제자들 중에 배신자가 있었다는 것이 《잡일아함경(雜─阿含經)》에 수록되어 있다. 석가의 사촌인 데바닷타의 배신이었다. 그는 석가의 명성을 질투하고 살해하려는 계획을 세웠지만 모두 실패로 끝나고 말았다.

그러나 그의 비행은 여전히 고쳐지지 않았다. 고쳐지지 않은 것은 물론 어느 날 단마다니라는 비구니가 그에게 충고를 하자 쓸데없는 소리를 한다고 그녀를 때려 죽여 버렸다.

겹치고 겹친 악행에 데바닷타는 결국 양심의 가책을 견딜 수가 없었다.

그래서인지 아파서 드러눕게 되었다.

매일 괴로움과 고통에 시달리다 어떻게 해서든 완하시켜 보려고 석가에게 가서 죄를 참회하려고 했다.

타고 간 가마가 땅에 닿자마자 커다란 불바람이 불기 시작하였다. 순식간에 전신이 불덩이가 되어 아비지옥으로 떨어졌다.

그것을 보고 있던 모츠까라나가 석가에게 그를 구하고 싶다고 했다.

그러자 석가는 '좋은 생각이오. 그러나 올바른 마음을 가지고 가르침을 얘기해 주는 게 좋을 것이오. 악인을 개심(改心)시키는 것은, 말라 죽은 나무에 조각하는 것보다 어려운 일이니까'라고 했다.

모츠까라나는 즉시 데바닷타에게로 가서 괴로움의 상태를 물어봤다. 그러자 '몸에 감긴 쇠고랑 때문에 살은 터지고 찢어지고, 절굿공이로 두들겨 맞고 검은 코끼리에게 짓밟히고, 화산에 얼굴을 들이대는 것과 같소. 부디 한시라도 빨리 이 고통에서 나를 구해 주시오'라고 애원했다.

모츠까라나는 '불(佛)에 귀의하시오. 그러면 구원을 받을 것이오'라고 했다.

데바닷타는 비로소 자신의 죄를 자각하고 깊이 뉘우쳤다. 그러자 괴로움이 없어졌다. 그는 뉘우침으로써 구원을 받았다.

사람이 모여 있는 곳에는 반드시라고 해도 지나친 얘기가 아닐 정도로 배신자가 있게 마련이다.

파초는 뿌리를 영글게 하고 죽는다. 대나무도 감자도 마찬가지다.

이는 자연 생태에는 배신이 없다는 얘기다.

배신은 인간 세계만의 일이다.

사람한테 배신을 당했을 때는 배신하는 사람을 가까이 둔 자신의 무지를 책해야 한다. 그 원인을 파악해 보는 일이 필요하다.

배신과 희생이 얽히면서 어지럽게 살아가는 게 인생이라고 한다.

그러나 배신이란 행위는 경멸해야만 한다.

적어도 자기 자신만큼은 배신하지 말아야 한다는 의식이 있다면 어제의 친구가 손바닥을 뒤엎듯 배신하는 행위는 없을 것이다.

탐욕과 궁상

상대의 반려로부터 뺏은 일분 일초. 어떤
일이 있어도 탐욕이라는 모습은 궁상맞다.

유럽의 거리를 걷다가 문득 느낀 게 있다. 한국인의 불륜 커플이 많다는 것을.

물론 '우리들은 불륜 커플입니다' 하고 쓴 간판을 걸고 걷고 있는 게 아니니까 어디까지나 나의 직감이다.

아무리 봐도 부부랑 독신의 연인으로는 보이지 않는 커플이 적지 않다.

나는 동행인 친구에게 물었다.

"저 커플, 부부 아닌 것 같지 않니?"

그러자 친구가 대답했다.

"어머, 나도 그렇게 느꼈는데."

그리고는 덧붙였다.

"절대 부부 아니야. 아까서부터 그런 커플들 많이 보이던데 뭘. 보면 금세 알 수 있어."

역시 그녀도 같은 생각을 하고 있었다.

부부와 어디가 다르냐고 물으면 한마디로 뭐라고 해야 할지 어렵다. 어렵지만 분명하게 부부와 다른 냄새가 있다.

많은 커플 중에 중년 남자와 젊은 여자. 그것은 보기만 해도 부부가 아니라는 것을 아는 건 당연하다.

그런데 연령 차이가 별로 없는 커플이라도 어쩐지 알 수 있다.

뭐라고 할까? 좀 들떠 보인다. 그들이 전부 팔짱을 끼고 걷는 것도 아니고 서로의 시선을 얽어매고 있는 것도 아니다. 부부 여행자에 비해 복장이 튀거나 다른 것도 아니다. 그런데 알 수 있다. 나타난다.

만일 그들이 서울이나 제주의 거리를 걷고 있다면, 그 정도로 확실하게 나타나지는 않았을 것이라고 생각한다.

또 내가 서울의 거리를 걸으면서 '저 두 사람은 부부가 아니야' 하는 식으로 생각해 보는 일도 없었다. 무엇보다도 그런 일에 신경을 써본 일이 없다.

그런데 왜 그런 생각이 들었을까?

불륜 커플은 '일상을 공유하지 않는다.'

그것이 두 사람의 분위기에 나타나기 때문이 아닐까.

서울에서는 아마 하룻밤의 데이트일 것이다. 아무리 밤이 늦어도 가정을 갖고 있는 쪽은 집에 돌아갈 테니까. 일주일이라든가, 열흘이라든가 길게 두 사람만이 생활하는 경우가 없을 것이다.

그런데 해외여행을 가면 거기는 외국이고 호텔이라고 해도 부부와 같은 일상이 된다.

불륜 커플은 그 일상에 익숙해지지 않으니까 진짜 부부와는 다른 냄새를 풍기는 건 당연하다.

생각해 보면 국내여행 온천지 복도에서 만나는 커플도 불륜인지, 부부인지 보면 금세 알 수 있다.

원래 불륜 커플의 입장에서 보면 나타나든 나타나지 않든 행복한 시간이니까 상관할 일은 아니지만.

게다가 어디에 가도 한국 사람이 많은 지금 '들통나면 들통난 대로 어쩔 수 없다', '마음대로 생각하라지 뭐' 하고 각오하고 있는 커플도 있을지도 모른다.

타인의 연애에 관해서 이러쿵저러쿵하는 것처럼 촌스러운 일도 사실은 없다. 하지만 나는 그들을 보면서 강렬한 충격을 받은 게 하나 있다. 불륜 커플은 해외든 국내든 절대 긴 여행을 나서서는 안 된다는 걸 느낀 일이 있다.

무슨 얘기인가 하면, 내가 유럽에서 본 바로는 여행 중의 불륜 커플은 어쩐지 궁상맞아 보였다.

그 중에는 미녀 미남 커플도 있고 사무실에서 봤다면 멋있을 상사라고 생각되는 남자도 있었다. 세련된 옷차림에 상냥한 웃음의 여자도 있었다.

한 사람 한 사람은 전혀 궁상맞지가 않다. 그런데 커플로서 보면 궁상맞게 보인다는 얘기다.

두 사람이라 해도 옆에서 보면 궁상맞다. 그렇게 보인다.

그 느낌에는 충격이었다.

나는 불륜의 사랑을 부정할 만큼 모럴리스트(Moralist)도 아니다. 타인에게 어떻게 보이든 상관없어 하는 마음도 이해를 한다.

그러나 궁상맞은 진짜 사랑이라는 게 왠지 슬프다는 생각이 든다.

왜 그렇게 보일까 하는 데는 나름대로의 결론이 섰다.

결국은 '도둑 고양이'의 분위기가 나오기 때문이다. 너무나 당연한 결론을 쓰는 것도 부끄러울 정도지만, 나는 그렇게 생각한다.

일상을 공유하지 않는 커플이 여행길에서 일상을 손에 넣었을 때, 기간이 정해 있기 때문에 일분 일초도 소중하게 여길 것이다.

그 일분 일초는 상대의 반려로부터 뺏은 것이다. 타인에게는 도둑 고양이의 탐욕이 확실히 보이기 때문이다.

'일분 일초를 소중하게'라는 말은 듣기에 그럴 듯할지 모르지만 뒤집어 놓으면 '탐욕'이라는 얘기와 같다.

어떤 일이 있어도 '탐욕'이라는 모습은 궁상맞다.

책을 탐독한다고 해도 실망하는 것은 마찬가지다. 하물며 타인에게서 훔친 '반려'를 탐내는 것이니까 그것은 누가 봐도 궁상스럽게 보이는 건 당연하다.

불륜의 사랑이라는 것은, 산뜻한 분위기는 될 수 없다는 걸 유럽에서 실감했다. 적어도 자기들이 생각하고 있는 것보다 훨씬 아름답지 못한 모습이다.

영원히 아름답게

내가 좋은 인격을 갖춘 원만한 인간이었다면
글을 쓸 필요가 없었다.

사람 이름, 개 이름, 고양이 이름, 심지어는 꽃 이름 등 모든 것의 이름은 무엇인가의 의미를 상징해야 되는 모양이다.

옛날에는 우리 동네에 개똥이라는 이름이 많았다. 왜 그런 더러운 이름을 붙였는가 하면, 아기는 누가 봐도 귀여우니까 신(神)조차도 질투할까 봐 그랬다고 한다.

너무 귀여운 나머지 짓궂게 해버리면 그 아기의 생명을 잃을지도 모르니까.

그래서 일부러 더러운 이름을 붙이는 것이라고 했다. 그러면 신은 쳐다보지도 않고 짓궂게 굴지도 않아 무사하게 클 수 있을 테니까 말이다.

제대로 된 이름은 일곱 살쯤 돼서야 붙였다. 그러고 보면 개똥이란 이름조차도 중대한 의미를 갖고 있는 셈이다.

나 역시도 초등학교에 입학할 때까지의 이름은 어진이였다. 착하고 순하고 어질게 자라라고 그런 이름으로 부른 모양이다. 개똥이란 이름이 붙여지는 의미를 생각한다면 어진이란 이름도 나름대로 깊은 뜻이 있었던 모양이다.

초등학교에 입학하면서 영원히 아름다우라는 바람에 의해 붙여진 이름이 지금 사용하는 가영(佳永)이다.

물론 나의 생김새와 성격하고는 거리가 먼 이름이었다. 순전히 나의 아버지의 절실한 희망사항에 의해서 지어진 이름이다.

고등학교 2학년 때 내 이름이 좋지 않다는 얘기를 듣고, 어머니가 유명하신 작명가에게 가서 새로운 이름을 지어 받았다. 정옥이라는 이름이었다.

나의 원래 이름 가영은 한자의 뜻으로는 좋으나 획수로 하면 좋지 않다는 얘기다. 평생 객지로 떠돌아 다니고 무엇보다도 여자로서 남자 운이 나쁘다는 것이다. 게다가 고집이 세고 특히 어머니와의 사이가 나빠서 불화가 생긴다고 했다.

아닌게 아니라 나는 중학교 일학년부터 객지 생활을 했다. 어머니와는 자주 충돌을 해서 모녀의 따뜻한 정을 별로 못 느끼며 커왔다.

어머니의 입장에서도 딸과의 사이를 좋게 개선해 보려고 나의 이름이라도 바꾸려 하셨던 모양이다.

이름을 바꿨다고 해서 객지 생활이 끝난 건 아니었다. 어머니와의 사이가 바로 개선될 것도 아니었다. 언젠가는, 아니 점차 좋아지겠지 하는 기대로 20여 년을 개명한 이름으로 사용해 왔다.

그러나 결론부터 얘기하면 당시로서는 상당히 비싼 작명료를 내고 바꾼 이름도 별 효과가 없었다. 나의 인생, 나의 사주팔자, 운명이 개선되진 않았다.

줄곧 떠돌이 신세였다. 이곳저곳 타양살이로 40여 년을 보냈다. 남자 운이 나쁜 것도 마찬가지다. 고집 세고 원만한 대인관계를 맺지 못하는 성격도 여전하다.

나는 결국 유명하신 선생님께서 지어 준 비싼 이름을 포기하고 다시 나의 원래 이름으로 돌아왔다.

더 분발해서 개명한 이름을 사용하면 언젠가는 남자 운이 트일지도 모른다. 늦게나마 백마 탄 왕자님을 만날지도. 지금 내가 겪고 있는 환경과는 전혀 다른 생활이 있을지도 모른다.

예를 들어 다른 사람을 만나고 성격이 다소 곳해지고 한 곳에 안주하고 그런 식의 나의 인생이었을지도.

그러나 무엇보다도 글을 쓴다는 일은 있을 수 없었을 것이라고 생각한다.

왜냐하면 좋은 인격을 갖춘 원만한 인간에게는 글을 쓸 필요가 없기 때문이다.

어머니와의 관계로 옥신각신하고 남자 운이 없고 객지로 떠돌아다니는 생활이었기 때문에 글을 쓸 수 있었지 않을까.

그렇다면 원래대로 가영이란 이름을 사용한 것이 정답이었다는 생각이 든다.

늦게나마 돌아가신 아버지가 지어 주신 나의 이름의 의미, 영원히 아름다우라는 게 어떤 것이었나 하는 것을 헤아릴 수 있다면, 아니 그렇게 살고 싶다.

영원히 아름답게. 남은 인생을.

글을 쓴다는 것

남의 글을 읽고 감동할 때가 있다. 그런 속에서 내가 가장 비중을
두는 것은, 나를 쓰고 싶다는 마음이 들게 하는 종류의 감동이다.

책상 앞에 앉아 스탠드의 스위치를 켜고 앉아도 결심이 서지 않
아 멍하게 있을 때가 많다.

그런가 하면 어느 순간 쓰고 싶다고 강하게 느낄 때가 있다. 그
것은 일상 속에서 향신료를 강하게 떨어뜨린 것처럼 자극적이고
괴로운 순간이다.

그 순간이 나는 좋다.

물론 글을 쓰는 게 쓰고 싶다는 생각에만 의지해서 쓰여지는 일
은 아니다.

쓰고 싶다는 생각은 자기가 작품을 대할 때의 가장 소중한 에센
스 같은 것일 뿐이다.

남의 글을 읽고 감동할 때가 있다. 그 감동의 종류에도 여러 가
지가 있다. 가슴 깊숙이 흔들림이 있을 때도 있고 대단하다고 감
탄할 때도 있다. 그런 속에서 내가 가장 비중을 두는 것은, 나를
쓰고 싶다는 마음이 들게 하는 종류의 감동이다.

작품 속에 흠뻑 빠져들고 싶다는 바람과 동시에 빨리 자신의 현실로 돌아가서 쓰고 싶다는 마음이 들게 하는 작품은 나에게 있어서 특별한 작품이다.

어떤 점이 특별한가 하면, 반복해서 읽을 수 있는 것. 특별한 작품은 절대 싫증나지 않는다. 한 줄도 한 자도 불필요한 게 없다. 아무렇게나 던져져서 굴러다니는 말이 하나도 없다.

글을 쓰는 데 어느 하나의 언어를 선택하는 일은, 다른 무수의 말을 버리는 일이다.

어느 한 장면 그 순간을 표현하는 데, 어느 말을 쓰고 쓰지 않을 것인가. 작가들은 언제나 선택에 쫓긴다. 때로는 무의식적으로 때로는 고심해서 무엇인가를 선택한다. 선택의 연속에 의해 쓰는 작업이 진행된다. 나는 항상 선택 방법을 틀리게 잡고 있지만.

선택된 언어들은 윤곽을 만들어 내고 버려진 언어들은 공동(空洞)을 만들어 낸다.

이 두 개의 작용은 속과 겉처럼 우열 없이 대등하다. 공동이라고 해서 형체가 있는 것에 못한 게 아니다.

쓰고 싶은 게 보였다. 쓰고 싶은 마음도 생겼다. 그런데 쓸 수 없을 때가 있다. 무엇인가 부족한 게 있는 것 같아서 제자리걸음을 하고 만다.

그 무엇인가가 정체를 나타낼 때까지가 가장 불안한 시기다. 어디에 무엇을 찾으러 가면 좋을지 전혀 모르겠다.

그런데 생각지도 않은 순간 실타래가 풀릴 때가 있다.

언어는 행위를 넘어야 한다고 언제나 생각한다. 장황하게 설명하는 것도 아니다. 언어가 단순히 형태를 가리키는 것으로서가 아니라, 독백의 공간을 내측에 준비한 것으로서 작품 속에 살아 있기를 바란다.

그래서 어느 언어를 선택할까에 시간이 걸린다. 그 언어가 일상생활에서 다하는 기능을 어떻게 부수고, 어떤 새로운 공간을 만드는가 언제나 신경이 쓰인다. 아무 생각 없이 무의식적으로 나오는 한 줄이 있으면 걱정스러워 견딜 수가 없다.

그러니 연필로 한 자 한 자 쓸 수밖에 없다.

언어에 대한 철저한 신뢰가 글을 쓰는 근본이 되어 있음과 동시에 원고 쓰는 게 느린 원인이다.

이런 소릴 했더니 옆에 있던 내 여동생이 한마디 거든다.

"원고 쓰는 게 느린 것은 언니의 철저한 게으름이잖아. 하다 못해 부지런히 워드라도 배우면 갑절은 빠를 텐데. 요즘 세상에 언니같이 답답하게 살아가는 사람도 드물어."

부부 싸움

타인의 눈을 꺼려서 얻는 평화는
한푼의 가치도 없다.

무엇이든 자연스러운 게 좋다. 자연스럽게 사람을 대하고 자연스럽게 나이를 먹고 자연스럽게 치장하고 자연스럽게 먹고.

먹는 얘기가 나왔으니까 말이지만, 미용을 위해서 이것은 먹고 저것은 먹지 않고 하는 식의 것을 나는 좋아하지 않는다.

실제보다 젊어 보이려고 주름 제거 수술을 하고 가슴 수술을 하는 것도 싫다. 자연스럽게 자신을 보이고, 그래서 젊어 보이면 그것에 비할 게 없다. 나이보다 늙어 보인다 해도 그것이 있는 그대로의 모습이라면 어쩔 수 없다.

내가 그런 소릴 하니까, 그것은 네가 대단한 게으름뱅이기 때문이라고 했다.

아무래도 현대라는 시대는 외관에 지나치게 신경을 쓰는 시대가 된 것 같다.

아름답게 보이는 테크닉부터 침실의 기교까지 세상에는 기교가 범람하고 있지만, 부부 싸움을 효과적으로 하기 위한 테크닉이라는 것을 잡지에서 보고는 놀랐다.

부부 싸움에 효과가 있었는지 없었는지 그것은 싸움의 효과로서 나타나는 것이지 처음부터 효과를 생각해서 하는 부부 싸움이라면 안하는 게 낫다.

이 기교랑 효능이 범람하고 있는 세상에서 적어도 부부 싸움 정도는 당당하게 해야 한다고 나는 생각한다.

예를 들어 부부 싸움을 유리하게 끌고 가기 위해 금방 우는 부인이 있다. 또 '시끄러워. 입 닥쳐' 하고 달아나는 남편이 있다. 더 곤란한 것은 진지하게 싸움을 하지 않는 남자가 최근에는 많아졌다는 점이다.

피곤한 척하며 상대를 하지 않는다든가, 자는 척한다든가, 취한 척, 장난치는 척해서 아내의 예봉을 휘게 한다.

일반적으로 부부 싸움의 이상적인 종결은 빨리 산뜻하게 끝내는 것이다. 빨리 산뜻하게 끝내려면 서로 진지하게 싸움에 맞서는 게 중요하다.

부부 싸움은 승부가 아니니까 계산이랑 계략은 필요없다. 타인에게 어떻게 보여질까라든가 아이들 앞에서 싸우면 교육상 좋지 않다고 생각하면서 싸우려면 안하는 게 낫다.

그릇을 깨고 싶으면 깨고, 베개를 집어 던지고 싶으면 던지면 되지 않은가? 계산 없이 일심불란하게 하는 게 좋다. 어중간하게 배고픔을 채우면 오히려 위가 자극을 받아 더 음식이 땡기듯, 싸움도 마찬가지다. 어중간하게 하면 여파가 남는다. 이상적으로 싸움을 종결지으려면 그 끝맺음보다도 싸우는 방법이 중요하다.

부부는 나름대로의 개성에 의해 균형이 이루어지는 관계이기 때문에 어떻게 싸우는 게 좋다고 단정지어 말할 수는 없다. 그것이 묘미이기도 하다.

싸우면 몇 날 며칠 말을 안하는 형(型)이 있는가 하면, 하고 싶은 얘기를 다 하는 형이 있다.

다도(茶道)라든가 꽃꽂이에도 각종 유파(流派)가 있는 것처럼 부부 싸움도 나름대로의 유파를 만들면 된다.

부부 싸움은 칼로 물 베기라는 말이 있지만, 타인이 보면 우스꽝스럽지만 본인들은 열심히(?) 싸우면 된다.

타인의 눈을 꺼려서 얻는 평화는 한푼의 가치도 없다. 그런 사람은 밤에 학교 운동장이라든가 다리 밑에 가서 마음껏 부부 싸움을 하라고 권하고 싶다.

왜냐하면 부부 싸움은 우리들 범속의 부부에게는 빼놓을 수 없는 레크리에이션이기 때문에.

궁합도 만들어 가야

궁합이 잘 맞는다고 안심하고 결혼생활을 방치해 두는 것은
좋지 않다. 궁합은 부부 싸움에 의해 만들어 가는 것이다.

맞선이라면 나이에 따른 연운의 궁합은 빼놓을 수 없는 것으로
되어 있었다.

최근에는 그런 풍습이 거의 없어지고, 궁합이라는 말은 주로 성
격이 맞는다는 의미로 쓰여지는 모양이다. 과격한 성격의 여자는
무사태평한 성격의 남자와 맞는다든가, 신경질적인 남자이기 때문
에 느긋한 마누라가 좋을 것이라는.

또는 두 사람이 모두 깍쟁이고 돈을 모으는 걸 좋아하기 때문에
궁합이 맞는다고 하는 경우도 있다.

대충 기분이 맞는다는 것으로 궁합이 맞다고 하는 경우도 있고,
그 정도의 이유로 결혼을 하는 젊은이들도 있다.

'부부는 닮아 간다'라는 말이 있다.

처음부터 궁합이 맞았던 부부가 아니라, 부부로서 살아가는 동안
에 궁합이 맞게 되는, 생활 속에서 맞아 가는 것이라는 생각이다.

사이 좋은 부부를 보고 있으면 어떤 부부에게도 공통되는 게 있

다. 그것에 의해 그 나름대로 균형을 유지하는 걸 알 수 있다. 성격이 달걀처럼 닮아진 것이 아니라, 각자의 개성 속에서 어딘가 한 점 공통의 부분을 갖고 있다는 얘기다.

예를 들어 생각하는 법, 보는 법, 취미, 인생의 목적 같은 것이다.

나의 어머니는 밝고 단순하고 과격한 편이었지만 아버지는 조용하고 이성적인 성격을 가진 분이셨다. 아버지는 가을을 좋아하셨고 어머니는 여름을 좋아하셨다.

여름날 어머니가 커튼을 걷어올리면 아버지가 와서 내리고, 또 어머니가 올리고 아버지가 내리고 하면서 곧잘 싸우셨다.

어머니는 아버지의 이론적임에 화를 내시고 아버지는 어머니의 단순함을 비난하셨다.

그러나 두 분에게 공통인 점은 모두 솔직하고 자신을 감추지 못했다는 점이다. 금전에 대해 야비한 것을 싫어하고 물건을 탐내는 인간은 천하다고 얘기하셨다. 두 분 다 사람의 순수함과 청정을 특히 사랑하셨다.

이 공통점은 어머니가 아버지를 닮은 것인지 아버지가 어머니를 닮은 것인지 나는 모르겠다.

성격도 취미도 기호까지 잘 맞는다고 해서 결혼한 젊은이들이 몇 년 안 되어 파탄을 맞이한 예를 얼마든지 들어서 알고 있다.

이 예는 어쩌면 궁합이 맞는다는 것에 안심해서, 결혼생활 속에 만들어 가야만 하는 것을 방치했기 때문이 아닌가. 궁합이 맞는다고 안심해서는 실패한다.

아침이고 저녁이고 부부 싸움을 하면서도 지속하고 있는 부부를 이상하게 생각하는 사람도 있다.

그러나 그 부부는 싸움하는 것에 의해 궁합을 만들어 가는 부부인지도 모르겠다.

예기치 않았던 일이

'목표'라는 것은 세우지 않아도 좋다는 생각이 든다.
의외의 작은 기쁨에 반응할 수 있는 것은
목표를 세울 수 없었기 때문이 아니었을까?

어느 날 밤 친구한테서 전화가 왔다. 그녀는 '나는 불행 속에서 살아가는 여자'라고 한숨을 지었다. 그리고 '내 인생에서 가장 괴로운 것이 무엇인가 하면 목표가 서 있지 않는 상황이라'고 했다. 그것이 자신의 인생에서 가장 큰 괴로움이라고 했다.

결혼의 목표도 세울 수 없고, 재취직의 목표도 없는 상황처럼 괴로운 건 없다. 가도 가도 암흑. 살아가는 의미도 세울 수 없는가 하면 장례식 예정도 세울 수 없으니 하고 한탄이다. 공감이 가는 얘기다. 이해할 수 있다.

내가 지난날 작가 지망생이었을 때 정말 인생의 목표를 세울 수 없었다.

결혼도 취직도 그야말로 암흑뿐인 인생에 절망하던 시기가 있었다. 그래도 뭔가 하지 않으면 안된다고 생각하고 분발했다.

그리고 십 년 후 등단했다. 기뻤다. 살다 보니 이런 일도 있구나. 암흑 저편에 바늘 구멍 정도의 빛이 보였다고 생각했다.

지금 생각해 보면 그 빛이 나의 목표였다.

그녀의 전화가 있고 나서 며칠 뒤, 동생이 외국으로 전근이 났다. 동생은 줄곧 객지 생활만 하다 고향에 있는가 했더니 다시 객지다. 나뿐 아니라 형제들이 서운해서 하는 한마디.

"얼마나 있으면 돌아오니?"

동생의 대답은 냉담했다.

"가봐야 알죠."

그리고는 살짝 나에게 속삭였다.

"몇 년이라고 하면 기대하잖아요. 목표가 정해지고 그게 예정대로 안 되면 충격도 크니까. 언젠지 모르는데 의외로 빨리 돌아오면 기쁨도 클 테니까요."

내가 어둠 속을 걷고 있을 때, 앞으로 나의 인생에 좋은 일이란 없을 것이다라고 생각하고 있었다.

그렇기 때문에 그 바늘 구멍 같은 빛은 의외의 기쁨이었다. 목표를 세우고 있었다면 올 것이 왔다고 생각했겠지만. 기대했던 빛보다 작다고 해서 실망했을지도 모른다.

'목표'라는 것은 세우지 않아도 좋다는 생각이 든다. 작은 의외의 기쁨에 반응할 수 있는 것은, 목표를 세울 수 없었기 때문이 아니었을까?

나도 앞으로의 목표는 전혀 서 있지 않다. 다만 생각하지도 않은 무엇인가가 생기는 이상 인생에 대한 흥만큼은 깨고 싶지 않다.

오우! 나의 루이스

내가 꼽는 가장 아름다운 남자 루이스. 최근에 내가 가장
열올리는 남자다. 잘 다듬어진 몸매, 그의 기품, 조용한 듯하나
한 치의 양보도 없는 그의 눈, 펀치의 정확함.

지난 일요일에는 종일 텔레비전 앞에만 있었다. 복싱 생중계 방송이 오전 11시부터 있어서였다. 물론 타이틀전을 시작하려면 오픈게임에 이어 오후 1시부터 시작되겠지만 복싱 팬으로서 오픈게임도 빼놓을 수는 없다.

게다가 그 누구의 시합도 아닌 내가 가장 사랑하는 남자 레녹스 루이스의 해비급 챔피언 타이틀전이 아닌가? 손꼽아 기다리던 레녹스 루이스와 마이켈 그란트의 경기.

영국의 자존심 루이스와 전 미국인이 사랑하는 떠오르는 별 그란트와의 시합 예고가 있었던 석 달 전부터 기다리던 시간이었다.

오전 11시가 되기 전에 청소며 빨래, 샤워 등 모든 일을 서둘러 끝냈다. 뜨거운 커피 한 잔과 토스트를 테이블 위에 놓고 텔레비전을 켰다. 시합이 시작될 때까지 두근거리는 마음으로 앉아 있노라니 마치 내가 출전이라도 하는 것처럼 가슴이 뛰었다.

내가 꼽는 가장 아름다운 남자 '루이스'.

최근에 내가 가장 열올리는 남자다. 그는 링 위에서는 더 아름답다. 잘 다듬어진 몸매, 그의 기품, 조용한 듯하나 한 치의 양보도 없는 그의 눈, 펀치의 정확함…. 이미 그의 라이트는 정평이 나 있다.

오픈게임이 세 개 끝난 뒤 드디어 헤비급 타이틀전이 시작되었다.

그런데 예상 외로 시합은 2라운드에서 끝이 나 버렸다. 2라운드에서 루이스는 그의 가장 아름답고 신용 있는 라이트를 날려 버렸다. 루이스가 KO로 이기는 바람에 기쁨보다는 아쉬웠다.

세계의 모든 복싱 팬들이 놀랍고 아쉬워했지만, 더 놀란 것은 방송국측이었을 것이다. 복싱 중계 예정 시간이 오후 2시 30분까지였으니까, 한 시간이 훨씬 넘는 빈 시간을 채우려고 애를 썼을 것이다.

아무튼 나는 그 열기와 흥분을 가라앉힐 수 없었다. 아쉬움이 남아 텔레비전 앞에서 떠날 수가 없어서 채널을 여기저기 돌렸더니 조수미 콘서트가 있었다. 그것을 끝까지 다 봤다.

그것을 다 보고 나도 허전해서 다시 일요 스페셜을 보고 마감 뉴스까지 봤다. 결국 하루종일 텔레비전 앞에 붙어 앉았었다는 얘기다.

텔레비전이라는 것은 참 이상한 물체다. 새삼스럽게 그런 생각이 든다. 이번 일요일뿐만이 아니다. 어쩌다 일요일에 이것을 보기 시작하면 끝이 없다.

게다가 종일 봐도 몸은 물론 머리가 거의 피곤하지 않으니까 그게 이상하다.

텔레비전을 봐서 피곤한 것은 아마 눈이 피곤하기 때문이고 머리는 전혀 피곤하지 않다. 물론 나의 경우에 한한 것인지 모르겠지만.

이것이 독서라면 어느 정도에서 피곤해진다. 그래서 읽는 것을 그만두게 된다.

그런데 텔레비전은 스포츠든 뉴스든 재미있는 영상을 보여주고 게다가 해설까지 해주니 더할 나위 없이 고맙고 재미있다.

원고를 쓰다 문득 텔레비전을 보면 그대로 질질 끌며 본다. 이 채널 저 채널을 찾아가며. 하루종일.

원고를 쓰는 것에 비하면 텔레비전을 보는 것은 너무 편해서 그야말로 휴식에 가깝다. 편하니까 자신도 모르게 계속 보게 되고 자연적으로 일이 늦어지게 된다.

아무튼 아침부터 심야 프로까지 다 봐도 질리지 않는다. 종일 뒹굴뒹굴거릴 때 가장 알맞은 소일거리다.

이렇게 알기 쉽고 편한 미디어에 친숙해서 내 앞날이 어떻게 될는지 문득 걱정스러워진다.

11월 11일에 루이스의 3차 방어전이 다시 있다는 소식을 듣고 달력을 봤더니 일요일이었다. 나는 빨간 동그라미를 그리고 루이스라고 적어 놓았다.

분명 그 일요일도 텔레비전 앞에서 앉아 있노라고 망칠 게 뻔하지만 상관없다.

루이스를 볼 수 있으면 무엇이 두려우랴. 복싱 팬으로서 지금 한창 물기 오른 루이스의 시합을 볼 수 있는 한 원고 마감이고 뭐고 내 알 바 아니다라는 배짱이다.

귀여운 남자

여자는 늙든 젊든 본능적으로
남자의 부정직을 봐내는 능력이 있다.

귀여운 것을 좋아하는 일은 소녀에 한한 얘기만은 아니다. 내 여동생만 해도 마흔이 넘었는데 슈퍼에 가면 경품으로 주는 예쁜 그릇이나 인형 때문에 필요도 없는 햄이며 소시지를 사들인다.

나 역시도 누구에겐가 선물을 할 때면 아기곰이랑 강아지가 그려 있는 앞치마라든가 슬리퍼, 꽃핀 같은 것을 주저없이 선택한다. 또 받는 쪽도 귀엽다고 좋아하면 이쪽까지 기뻐진다.

얼마 전 초등학교 3학년인 내 남자 조카한테서 예쁜 헤어밴드를 선물받았다. 그것을 하고 동네를 돌아다니고 시장갈 때도 하고 갔더니, 귀엽다는 얘기를 들어서 흐뭇했다. 물론 나이 오십인 나를 귀엽다고 칭찬하는 게 아니라, 헤어밴드가 귀엽다고 하는 것을 안다. 그래도 종일 기분이 좋았다.

얘기가 좀 건너뛰지만, 역시 남자도 귀여운 남자가 좋다.

나는 아무리 박식하고 아름답고 머리가 좋은 남자라도 어딘가 '귀여움'이 없다고 느껴지면 재미없다는 생각이 든다.

사람은 누구든 머릿속에 '이상의 자기'를 그리고 있다. 그러나 아무리 완벽하게 이상(理想)의 자기를 연기한다고 해도 한계가 있다. 결점이 나온다.

예를 들어 하드보일드의 소설의 주인공처럼 폼잡던 남자가 결국 인생살이가 힘들다고 운다든가, 언제나 귀공자처럼 폼잡던 사람이 술집에서 행패를 부려 주변을 놀라게 한다든가.

그 어쩔 수 없이 나와 버린 결점을 어떻게 해서 귀엽게 표현할 것인가 하는 그 점이 남자의 가치를 결정한다.

그런데 그 '귀여운 표현'이라는 게 진짜 어렵다.

남자들은 귀엽다는 얘기를 들으면 상당히 불유쾌해지는 모양이지만 나는 그렇게 생각하지 않는다.

여자는 늙든 젊든 본능적으로 남자의 부정직(不正直)을 봐내는 능력이 있다. 사실은 너무 솔직하고 소년처럼 유치한데 괜히 '귀엽지 않은 남자'를 연기하는 귀여움이, 여자에게는 견딜 수 없는 매력이다. 그런 점이 바로 귀엽다라는 말에 집약되어지기 때문에 남자들은 솔직하게 받아들이는 게 좋다.

여자가 남자를 귀엽다고 느끼는 마음속에는 그런 마음이 솔직히 그렇게 쉽게 일어나는 게 아니다.

여자는 대부분의 경우 귀여운 동물이 그려 있는 가방을 사랑하는 것과 같은 기분으로 연인을, 남편을, 텔레비전에 나오는 여러 아저씨들을 사랑한다. 그것이 체면에 관계되면 진짜 화를 내는 남자들은 역시 귀엽지 않다.

최근에는 점점 더 여자가 중고년(中高年) 남자를 귀엽다라는 말로 표현하는 경향이 많아졌다.

대통령 ○○○, 정치학자 ○○○, 아나운서 ○○○ 등. 얼핏 생각나는 대로 적었지만 그 사람들을 여자들이 귀엽다고 말하는 것을 나는 들었다. 정계의 거물도, 잘 팔리는 평론가도, 기상학계의 권위자도 여자에게 걸리면 모두 갓난아기 같은 모양이다.

남자 쪽에서 보면 저런 아저씨 어디가 귀엽냐고 생각하는 사람에게까지 여자들은 보통으로 그런 말을 쓴다.

정치가에 관해서는 정치적 입장을 잘 검토하고 판단한 뒤에 좋고 나쁨을 표현해야 한다고 해도, '귀엽잖아?' 하고 대답하면 그뿐이다.

이론을 내세워도 '귀엽다'라는 말 앞에는 그 이론이 왠지 빛바랜 것처럼 느껴지는 게 이상하다.

어느 장소에서 친구인 작가와 논쟁을 벌이고 있었다. 서로 열변을 토했다.

그것을 보고 있던 다른 내 친구가 갑자기 두 사람 다 귀엽다라고 했다. 두 사람은 할말이 없었다.

나도 갑자기 남자가 귀엽다고 느껴질 때가 있다.

여자들이 직관적으로 귀엽다고 느끼는 것은 어떤 때일까? 애교를 부리는 남자가 귀여운가 하면 그것도 아니다. 내 남자 친구 중에 만나면 화난 사람 같고 눈매도 고약한 친구가 있다. 그래도 그가 귀엽다.

남자는 자기보다 연하의 여자한테 귀엽다는 소릴 들으면 좋아하지 않는다. 가깝게 느껴 준다는 생각에서인지 불유쾌하지도 않은 모양이다.

그러나 왠지 불편한 느낌이 든다.

왜냐면 남자는 남자 나름대로 자신의 이미지를 갖고 있다. 예를 들어 의연한 남자다운 남자가 되고 싶은 마음이 있다.

사람은 나름대로 이미지는 달라도 '귀여운 남자가 되고 싶다'고 생각하며 살아온 남자는 거의 없을 것이다.

그래서 여자에게 거침없이 '귀엽다'는 소리를 들으면 놀라서 침착성을 잃는다.

문득 생각이 나서 귀엽다는 말을 사전에서 찾아봤다. 원뜻은 그냥 놔두면 나쁜 일이 벌어지는 것을 그냥 지나칠 수 없다는 뜻.

자기보다 약한 입장에 있는 사람에 대해 보호의 손을 뻗히고 바람직한 상태도 가져가 주고 싶다는 느낌이다.

남자가 사회적으로 분발을 하든 무엇을 하든, 여자에게 남자가 보호해 주고 싶은 약한 입장에 있는 인간으로 보인다면 어떨까?

아무리 잘난 척한다고 해도 호의를 가지고 있는 남자라면 모두 '귀엽다'고 생각될지도 모른다.

여자는 의외로 속이 깊다.

그러나 귀엽지 않다라고 낙인이 찍히면 어떻게 될까? 그냥 내버려 두고 어떤 손도 내밀지 않는다. 지옥 저변에 떨어뜨리고 싶은 느낌을 갖게 된다.

내 주위에도 아내에게 귀엽지 않다는 소리를 듣는 남편이 몇 명 있다. 불행하게도.

벚꽃과 수선화

인생이 재미있는 건 절망의 귀퉁이에 섰다고 생각할 때
가고 싶어도 갈 수 없는 시대의 희로애락에 있다.

좀더 일찍 작가가 되었으면 좋았지 않았나. 빈둥대지 말고 더 젊었을 때 분발하지 하는 얘기를 들을 때가 있다.

그러나 아무 할 일 없이 지내던 시간이 없었다면 나는 글을 쓰지 않았다고 생각한다. 앞이 보이지 않고 좋은 일도 없고 나이만 들어가는 여자의 슬픔, 괴로움이 뼛속 깊이 스며서 그것이 결국 나의 근본을 이루고 있다.

조직 속에서 남자들이 어떤 마음으로 일하고 있는가 하는 것도 싫을 만큼 봤다. 그것 역시 내 속에서 뿌리가 되어 있다. 아마 내게 직장 생활 3, 4년을 했다 해도 나의 경우 쓰는 일은 불가능했을 것이다.

그만큼 인생 상담 같은 데서 전혀 샐러리맨의 경험이 없는 유식한 사람이 아는 것 같은 회답을 하고 있는 것을 보면 화가 난다.

특히 정년 후의 인생이 허무해서 견딜 수 없다는 상담에 대해서 그렇다.

'앞으로 제2의 인생. 시간에 쫓길 일도 없고 천천히 자기만의 시간이 있으니까 여태껏 못했던 취미를 갖든가, 부부가 같이 여행을 하거나 해서 폭넓게 인생을 즐깁시다.'

참으로 쉽게 회답한다. 상담자는 지금에 와서는 러시아워도 그립고, 시간에 쫓기던 일조차도 행복하게 생각되니까 상담하는 것이다.

취미라든가, 아내와의 여행이라든가 하는 식으로 달랠 수 있는 것일까.

인생이 재미있는 것은 절망의 귀퉁이에 섰다고 생각할 때랑 또 가고 싶어도 갈 수 없었던 시대의 희로애락이 결국 자신의 근본에 영향을 주는 것이라고 생각한다.

고생스럽게 빙 둘러서 돌아오는 길이 반드시 도움이 되는 것이다. 누구든 그렇다고 나는 확신한다.

생각해 보면 인간의 사치라는 것은 '쓸데없는 시간'에 바쳐 버린다고 생각된다. 소리 속에 승부를 거는 콩코드보다 넘실거리는 물결에 맡기는 배 여행이 훨씬 고급스럽다는 생각이 들듯이.

사랑도 그렇다.

뜨거운 대로 눈 깜짝할 사이에 지나쳐 버리는 남자의 향기는 벚꽃의 꽃잎과 같이 조용히 지지는 않는다. 바쁜 중에서도 천천히 시간이라는 조각을 새기며 지내온 관계는 모진 바람 속에서도 견디며 피는 겨울 수선화와도 너무도 닮았다는 생각이 내 생각에 강하게 남는다.

어렸을 적 여름처럼

아이들이란 자연의 하나다. 때문에 어느 연령까지는
자연 속에서 크게 해야 한다.

'자연을 보호하자. 자연을 소중하게'라고 외친다. 난폭한 표현을 한다면 귀에 못이 박힐 정도다. 다시 말해서 말 자체가 힘을 잃고 있다는 생각이 든다.

자연을 잃어버리는 무서움은 이해가 간다.

아이들이란 자연의 하나이다. 그렇기 때문에 어느 연령까지는 자연 속에서 크게 해야 한다.

한국의 어른들은 공지(空地)를 보면 금세 아파트를 짓는다. 결국 아이들은 도시 속에서 클 수밖에 없게 되고 심신이 이상하게 되는 것은 뻔한 일이다.

무서운 일이다. 도시만을 느끼고 있는 지금의 아이들이랑 그 속에서 성장한 어른들에게 일기를 쓰게 하면 '벚꽃이 피었다'라든가 '따뜻한 바람이 불어온다'든가 하는 자연에 대한 기술(記述)이 전혀 없다는 얘기다. 대부분은 '누구누구와 싸웠다'라든가 '반 아이들을 어떻게 한데 모을까'라든가 하는 인간관계의 기술뿐이라고 한다.

자연의 아름다움이라든가 혜택, 벌레에 물렸다거나 수해를 입었다거나 하는 자연의 해(害)에 대한 부분도, 서술에 필요한 것도 이미 기성세대까지가 아닐까.

예전에는 사람들이 큰소리를 내며 의기양양하게 살았다. 아이들은 밖에서 해가 질 때까지 놀고 스케줄이라는 것은 아무 것도 없었다.

그렇다고 이미 도시의 편리함을 알아 버린 우리들에게 히스테릭하게 자연으로 돌아가라고 외쳐 본들 무슨 소용이 있으랴.

그것은 때로는 감상으로밖에 받아들이지 못하는 점도 있다. 이렇게 된 이상은 어른이 조금이라도 밸런스를 되찾으려는 노력을 해야 하고, 도시화를 전면적으로 중시해야 할 게 아닌가.

올 여름은 에어콘을 끄고 모기에게 뜯기면서 낮잠을 자봐야겠다. 땀을 줄줄 흘리면서 오수를 즐기는 것도 나쁘지는 않을 것 같다.

그런데 과연 벌레가 있을까 하는 생각이 드니 문득 두렵다. 아니 슬프다.

다시 한번 '폴링 인 러브'

요즘 한국에서는 유부남과 유부녀 사이의 '폴링 인 러브'가
성행한다고 한다. 영화에서처럼 만날수록 두근거리고 가까워지는
게 아니라 휴대폰으로 금세 연락하고 만나는.

좀 오래 된 영화인데, 로버트 드니로와 메릴스트립이 주연한
〈폴링 인 러브〉라는 영화가 있었다. 가정이 있는 중년 남자와 역
시 가정을 가지고 있는 유부녀와의 사랑 얘기다.

두 사람은 다 일을 가지고 있고, 지하철에서 만날 때마다 더 친
해지고 서로에게 끌린다.

그러나 둘 다 가정을 가지고 있기 때문에 좀체로 더 이상의 진
전이 없다. 거기에 괴로워하는 두 사람의 모습이 공감을 불러일으
키고 한국에서도 꽤 인기가 있었다.

그런가 하면 〈위험한 정사〉라는 영화가 상영되었을 때도 화제
가 되었다. 이쪽은 가정이 있는 중년 남자가 어쩌다 독신의 여성
편집자와 가까워지고 그녀는 임신을 한다.

남자는 한때의 바람이었는데 질투에 미쳐 버린 여자는 남자와
그의 가정에 온갖 방식으로 괴롭힌다. 남자와 그의 아내에게 흉기
를 휘두르는 참극까지 벌인다.

　말하자면 남자의 하룻밤 불장난의 무서움을 그려서 화제를 불러 모았다. 어쩌면 여자의 히스테릭함을 공포영화나 어쩌면 코믹영화로 느낀 사람도 있을 것이다.

　일반적인 한국인의 감성으로는 〈위험한 정사〉보다는 남녀의 마음의 흔들림을 그린 〈폴링 인 러브〉쪽이 평판이 좋았을지도 모른다.

　그러나 미국에서는 압도적으로 위험한 정사 쪽이 평판이 좋았다. 그 영화와 같은 일이 얼마든지 일어날 수 있는 일이고, 무섭지만 템포도 빠르고 명쾌하다. 보고 난 다음 시원한 느낌이 든다는 얘기다.

　거기에 비하면 〈폴링 인 러브〉는 밋밋하고 얘기가 모아지질 않아 지루하다는 평이다.

　미국의 한 여성 평론가는 〈폴링 인 러브(Falling in Love)〉가 아니라 〈폴링 인 슬립(Falling in Sleep)〉이라고 죠크를 하며 어깨를 움츠려 보였다. 그런 것을 보며 한국과 미국의 차이를 잠시 생각해 보게 된다.

　내 개인의 취향으로 말하면 물론 〈폴링 인 러브〉쪽을 택하겠다. 〈위험한 정사〉는 드라마틱하고 스릴에 넘쳐 있지만 인간을 그려내는 방법이 너무 단순하다. 그래서 오히려 지루하다. 후반부터는 뻔한 전개의 예측에 눈을 돌리고 싶어졌다.

　거기에 비하면 〈폴링 인 러브〉는 섬세하고 인간을 그려내는 쪽도 신중하고 친절하다. 드라마틱한 사건은 극력 억제하면서 사랑하는 두 사람의 애절함이 조용하게 전해 온다.

그러나 미국 사람에게는 낡고 감질나는 영화라고밖에는 보여지지 않는 모양이다.

그들에게 영화는 산뜻하고 자극적이면 좋은 것이지, 인간의 리얼리티라든가 미묘한 남녀의 갈등 같은 데는 별 관심이 없는지도 모르겠다.

그나저나 요즘 한국에서는 유부남과 유부녀 사이의 '폴링 인 러브'가 성행한다는 얘기를 들었다. 영화에서처럼 지하철 역에서 만나, 만날수록 두근거리고 가까워지는 게 아니라 휴대폰으로 금세 연락하고 만나는 한국판 '폴링 인 러브'는 어떻게 해석해야 좋을지.

남자 운이 좋은 여자

열심히 노력하는 여자는 그것만으로도 운을 잡을 수 있다.
남자 운이 좋은 여자는 얼굴의 뛰어난 아름다움보다도
그 뛰어난 동작에 의한 것이 아닐까.

오십 년 넘게 살면서 절실히 느끼는 게 있다.

'사람은 외견이다'라는 것이다.

젊었을 때는 '사람은 외견이 아니다'라고 반박한 적도 있지만 아니었다.

엄연한 사실을 우기면서 시간을 보내고 말았다는 생각도 든다. 그 시간에 피부 관리도 하고 에어로빅이라도 해뒀으면 좋았을 텐데. 이 나이쯤 되고 보니 사회에서 아주머니라는 푸대접이 왠지 속상하다. 서글프다.

나이가 어린데 아주머니라는 소릴 듣는 외견을 가졌다는 게 아니다. 이른바 노력 없이 아주머니의 외견이 어느덧 되어 버린 자신이 슬프다는 얘기다.

남자가 좋아하는 얼굴이 있긴 있는 모양이다. 도톰한 입술, 깨끗한 피부, 그런 식으로. 그러나 그것도 어디까지나 주관적이기 때문에 나는 혼란을 느낄 때가 있다.

가끔 관상책을 보면 남자 운이 나쁜 얼굴이라는 게 나온다. 각진 턱, 튀어나온 광대뼈, 지나치게 작은 눈, 엷은 입술.

그런데 최근에 나는 그런 얼굴을 본 일이 없다. 적어도 젊은 여성들에게는 없다.

지금 나와 같은 50대에서는 가끔 보이기도 하지만.

요즘에는 메이크업의 기술을 터득한 여성이라면 가는 눈은 오리엔탈풍으로 만들고 한껏 아름답게 표현한다.

정말 현대만큼 여자의 인상이 믿을 수 없는 때도 없다. 그만큼 여자들이 많은 노력을 하고 있다는 얘기다.

갖고 태어난 얼굴에 한숨을 쉬면서도 결코 부정은 하지 않는다. 가끔 거울 앞에서 자신에게 미소를 지으며 눈썹을 정리하고 화운데이션을 선택하고 립라인을 연구한다.

이런 여자가 남자에게 인기가 없거나 불행해지거나 할 이유가 없다. 어쩌다 타이밍이 나쁠 때는 있어도, 반드시 연인이 생길 것이다.

열심히 노력하는 여자는 그것만으로도 운을 잡을 수 있다는 게 나의 지론이다.

그리고 사랑을 하면 분명히 여자의 얼굴은 변한다. 나의 친구도 결혼 전에 데이트할 때는 완전히 얼굴이 변해 있었다. 못 알아볼 정도로. 눈은 반짝반짝 빛나고 피부는 윤기가 있고.

사랑이라는 것은 얼굴도 인상도 운도 크게 바꾸는 찬스다.

흔히 사랑이 끝나면 얼굴이 원래대로 돌아와 버리는 사람이 있다. 그렇게 되지 않기 위해서는 헤어진 남자를 미워하거나 자신을 몰아붙여도 안 된다.

자신을 성장시켜 준 일이었다고 긍정적으로 생각하는 게 좋다. 그러면 팽팽함이 꽤 오래 지속될 것이다.

그 팽팽함을 조금씩 축적해 감으로써 언제까지나 정감이 있는 여자가 되는 게 아닐까.

남자 운이 좋은 여자는 얼굴의 뛰어난 아름다움보다도 그 뛰어남이 동작에 의한 것이 아닐까 하는 생각을 해본다. 눈의 표정, 웃을 때의 모습, 말하는 태도, 일상의 자세.

그것은 경험과 학습밖에 없다. 많은 체험으로부터 무엇인가를 얻는 능력이다.

다시 말해서 운이 좋은 여자는 머리가 좋다.

로맨틱이라는 것의 숙명

아무리 좋은 부부관계를 맺고 있는 남녀라도 로맨틱한
분위기를 맛보고 싶다면 새로운 이성을 상대할 수밖에 없다.
그것은 로맨틱이라는 것의 숙명이다.

사랑에 빠지면 누구든 비슷한 행동을 한다. 로맨틱한 장소를 찾고, 분위기에 신경 쓰고, 만나고 헤어지면 바로 전화를 하고, 그것도 모자라서 편지를 쓴다.

그러다 부부가 되면 로맨틱한 분위기에서 멀어진다. 이것은 어떤 의미에서 인간의 건전함의 표시이다. 로맨틱함을 좋아하는 인간으로서는 조금 서운한 점은 있지만.

겨울 저녁 산책이라도 할까 하면 춥다, 배고프다 하면서 미룬다든가 로맨틱과는 거리가 먼 대화를 주고받는다. 결혼생활을 오래 지속한 커플이라면 누구든 비슷한 상황일 것이다.

그 로맨틱함은 도대체 어디에 가버린 것일까 하고 생각하는 건 남자에게보다 여자 쪽이 훨씬 많다.

'이럴 작정이 아니었는데.'

얼마 전 텔레비전에 여자 탤런트가 나와서 '나는 남편이 내 앞에서 방귀를 뀐다면 당장 이혼할 거예요'라고 했다.

요즘 한창 인기가 있고 아름다운 그녀는 남편이 식사중에 트림하는 것도 용서하지 못한다고 했다. 언제나 예의와 두근거림을 갖고 살고 싶다고 했다. 본인도 지금까지 남편 앞에서 트림도 방귀도 뀐 일이 없다고 했다.

결혼해도 로맨틱한 분위기를 부수고 싶지 않다고 생각한다면 부부가 함께 피나는 노력을 해야 한다.

그러나 그것은 정말 피곤한 일이다.

피곤해도 좋으니까 종생 남편과 로맨틱하게 지내든지, 무드는 제로지만 편하게 지내든지, 어느 쪽인가 하나만 택하라고 한다면 나는 두말할 것도 없이 후자다.

그래도 때때로 이 남자가 그 옛날 내 가슴을 두근거리게 하던 남자인가 하고 문득 생각이 들 때가 있다. 남편에게 그런 얘기를 하면 '나도 마찬가지야'라고 한다.

아무리 둔한 남자라도 사랑에 빠지고 가슴이 두근거릴 때는 일상의 태도와는 다른 면을 보인다. 비현실적인 행동거지가 현실적인 게 된다. 바로 이것이 현실적인 순간이다.

로맨틱한 행위의 전형적인 예는 좋아하는 여성에게 꽃을 보내거나 야경이 보이는 호텔 바, 달콤한 속삭임.

많은 여성이 이런 식의 무대 배경이란 소도구에 약한 것은 알고 있다.

한국 남자는 서양인이 하는 것처럼 확실한 태도랑 말로 로맨틱한 무드를 만들어 가는 게 서툴다. 우직하고 소극적인 표현밖에는 못한다.

그래서 배경이 중요하다. 카운터보다 야경이 보이는 레스토랑, 삼겹살 구이보다 프랑스 요리 편이 격식 차린 느낌이 들기 때문에 비현실을 현실적으로 보이는 장소로서는 적합하다.

세 번 정도 데이트할 때까지는 그 나름대로의 연기를 한다. 그러나 금세 본성이 나타나서 로맨틱과는 거의 거리가 먼 인간으로 바뀐다.

부부 사이는 이미 절대 로맨틱한 관계는 될 수 없다. 누구의 책임도 아니다. 예쁘고 사랑스럽던 아내도 십 년쯤 살면 태도가 변하니까.

흔히 상대의 생일에 외식이라도 하려고 나갔다가 그 요리가 맛이 없으면 '집에 가서 라면이라도 끓여 먹을 걸 그랬지?' 하고 만다. 무드건 뭐건 없다.

아무리 좋은 부부 관계를 맺고 있는 남녀라도 로맨틱한 분위기를 맛보고 싶다면 새로운 이성을 상대할 수밖에 없게 된다. 그것은 로맨틱이라는 것의 숙명이다.

이런 저런 여자

'남자 운이 나쁘니까'라고 말할 수 있는
여자들은 대개 자립해 있다.

내숭떠는 여자가 싫다.

성숙한 어른인 척하지만 남자의 표정을 살피거나 어떻게 하면 남자에게 돈을 쓰게 할까 하고 궁리하는 여자들이 아직도 있다.

검은색 드레스에 빨간 메니큐어, 손가락 사이에 담배를 끼고 남자한테 공짜로 무엇인가를 해 받는 게 훈장이라도 되는 것처럼 하는 여자들.

내가 아는 어떤 중년 여자가 불륜에 빠졌다. 그녀의 생일날 상대의 남자로부터 꽃선물을 받았다. 달랑 장미 열두 송이.

그 여자는 꽃을 받았다는 기쁨보다는 열두 송이밖에 못 받은 장미 때문에 화가 났다. 자존심이 상했다는 얘기다. 당장 상대에게 전화해서 '나를 어떻게 봤길래 이 모양이냐? 꽃을 주려면 한 아름 주든지 안 주려면 말든가 하라'고.

웃기는 얘기다. 그야말로 나이 오십이 넘은 여자가 불륜도 사랑이라고 하면서 혹시 공주병, 아니 왕비병에 걸린 모양이다.

이런 식의 여자들이 문제다.

성숙한 여자에게는 자기가 어느만큼 풍부한 시간을 가졌는가 하는 쪽이 훨씬 소중한 일이다. 좋은 시간을 보내면서 식사비를 누가 내는가 하는 건 문제가 아니다. 상대가 낼지도 모르고 경우에 따라서는 여자 쪽에서 낼지도 모른다.

성숙한 여자는 자기가 공유했던 시간이랑 상대에 대해서도 책임을 진다.

만일 그 시간이 별로 즐겁지 않았다 해도 그것을 상대의 책임으로 돌리지 않는다.

손이라든가 득이라든가의 문제가 아니다. 상대로부터 어느만큼 받았는가의 문제도 아니다. 자신이 어느만큼 즐거운 한때에 헌신할 수 있었는가라는 쪽이 중요하다.

남자 운이 나쁜 여자가 있기는 있다.

그것도 한 번이나 두 번이 아니라 만나는 남자마다.

그래도 그런 여자들은 의외로 밝다.

'정말 남자 운이 나빠' 하면서도 어딘가 달관한 구석이 있다. 포기하고는 조금 다르다. 자신이 선택한 남자니까 자기가 책임을 져야 한다는 뉘앙스를 느낄 수 있다.

나는 남자 운이 좋은 여자보다 명랑하게 '나라는 여자는 아무래도 남자 운이 없나 봐'라고 말하는 여자가 좋다.

물론 예외는 있지만 산뜻하게 '남자 운이 나쁘니까'라고 말할 수 있는 여자들은 대개 자립해 있다. 남자의 질이 나빠도 그런 남자를 선택해 버린 자신에게 반은 책임이 있다고 생각하는 면이 있

다. 기특하다. 자신의 불행을 상대의 탓으로 하지 않는 그 산뜻함
이 좋다.

입으로는 남자 운이라고 하면서도 어딘가 그것을 재미있어 하는
면이 없는 것도 아니다. 별볼일 없는 남자라는 걸 알면서도 좋아
서 선택하고 있는 면이 보인다.

그런 여자들은 대개 능력 있는 여자들이다. 강한 여자에게는 아
무래도 약한 남자가 달라붙는다. 그래서 이 세상은 전체가 조화를
이루어 나가는 게 아닐까.

다만 나쁜 남자 운을 상대의 탓으로 하는 여자는 안 된다. 그런
것은 괜찮은 여자의 풍토에도 있을 수 없다.

'내가 아니라 남자가 나쁘다'라고 생각하기 때문에 죄도 책임도
자기에게는 없다. 상대에게만 있다고 믿고 의심하지 않는다. 그것
은 여자 같은 여자의 발상이다.

남자가 여자답다는 것은 그래도 괜찮다. 남자의 여자다움이라는
것은 이상하게도 매력으로 통하니까.

그런데 여자가 여자답다는 것은 아이스크림 위에 생크림이 얹혀
있고, 초콜릿이 쳐 있고 게다가 딸기 같은 게 장식으로 놓여 있는
모습과 같다. 지나치다는 얘기다. 아니 젖은 수건으로 몸을 닦는
느낌이라고나 할까.

여자 속에 있는 이 남자다움이 또한 매력이다. 그렇다는 생각을
안해 본 사람은 거의 없을 것이다.

아마 당신이 성숙한 여성이 되면 내가 얘기하는 의미가 무엇인
지 납득할 수 있을 것이라고 생각한다.

대체 여자는 여자의 매력이라는 것을 완전히 오해하는 경향이 있다. 어떻게든 귀엽고 아무 것도 모르는 것 같은 그런 여자가 좋다고.

그런데 이 세상에는 누구도 그런 게 좋다고 생각하지 않는다.

레스토랑에서 식사해도 일부러 음식을 남기거나, 디즈니랜드의 젯트코스타에서 기절한 척하거나, 내숭에 공주병 같은 목소리로 말하는 여자들을 보면 진짜 기분이 나쁘다.

그렇지 않은가? 외견은 성숙한 여자의 몸을 하고 있으면서 목소리라든가 말이라든가 발상이 세 살 된 유아의 영역을 벗어나 있지 않다는 것.

자신은 그렇게 하는 게 귀엽다고 생각하고 있을지 모르겠지만 만화다.

특히 어린아이 같은 목소리로 어린애처럼 말하는 것만큼 꼴불견은 없다. 도널드 덕이 말하는 것처럼.

그런 내숭떠는 여자는 말하고 싶어도 '남자 운이 나빠서'라는 애기는 못한다.

나빠도 좋아도가 아니라 아예 '남자'를 못 만난다. 괜찮은 남자는 그 여자의 주변을 피해서 간다. 한시라도 빨리 달짝지근한 목소리와 유아적 발상의 세계에서 졸업할 필요가 있으니까.

그렇다고는 하지만 진짜 남자들은 도대체 어디에 숨어 있는 것일까?

'여자에게 나쁜 운을 받는 남자'라든가 '나쁜 남자'라든가 '별볼일 없는 남자'라든가 꽤 있을 텐데. 진짜가 없다.

진짜 강한 남자만이, 여자뿐만 아니라 아이들이랑 동물에 대해서
도 따뜻하게 대할 수 있다.

남자는 기본적으로 자신의 일은 자신이 할 수 있어야 한다. 그
위에 여자를 지켜 주고. 내가 바라는 남편의 조건이었다.

그러나 나도 이미 반세기를 눈을 크게 뜨고 봐도 그런 진짜 남
자는 없다. 어디에도.

사랑하는 당신에게

- 연문(戀文)

자신이 정말 원하는 것을 손에 넣기 위한 노력은
싫은 일이 아니다. 괴로운 일도 아니다.

요즘 젊은이들을 보고 있노라면 정말 나비여 꽃이여 하는 느낌
이 든다. 어쩔 수 없다. 부드럽게 부풀고 예쁘기는 하지만 그뿐인
얘기다.

꽃으로 치면 스위트피라든가 팬지라든가 귀엽지만 향기가 없다.
그래서 인상이 남지 않는다. 한번으로 잊어버린다.

'꽃이여 나비여도 족하잖아? 재미있고 즐겁게 살면 되는 게 아니
냐'고 할지 모르지만 꽃의 생명은 짧다.

나비만 해도 예쁘게 있는 것은 겨우 2주일 정도다. 가을 바람과
함께 져버리는 운명이다.

귀엽다는 것만이 자랑인 당신도 마찬가지.

젊음만이 자랑이라면 가능한 한 적기 적때에 팔지 않으면 안된
다. 때가 지나면 반액 이하일 테니까.

그것도 결혼하면 이미 얘기는 다르다. 때가 지나든 뚱뚱해지든
아이만 낳으면 당신의 승리.

그런 인생도 있기는 있지만 그래도 다른 인생도 있다. 훨씬 더 멋있는 가슴 두근거리는 삶도 있다. 꽃이 아니라 나무에 비교하는 삶의 방식이.

청춘은 젊은 나무다. 20대에는 예쁜 핑크의 꽃이 피고 30대에는 붉은 열매를 맺고.

이쯤에서 안심해서는 안 된다. 자신의 열매에 수분이랑 양분을 전부 빼앗기고 파삭파삭 말라 버릴 위험도 있다.

열매를 잘 영글게 키워 가면서 자기에게도 영양을 듬뿍 주면 드디어 40대, 50대의 수확의 시기가 인생의 한창때이다.

20대 끝에 새파랗게 져버린 나비며 꽃들에게는 결코 맛볼 수 없는 풍부한 기쁨의 계절이 길게 계속된다.

드디어 당신이 늙었을 때, 당신의 나무 밑에서 손녀들이 즐겁게 노는 모습을 볼 수 있다.

당신은 풍부한 가지를 뻗어 넓고 시원한 나무 그늘을 만들고, 당신이 사랑하는 사람들을 거기에서 쉬게 할 수 있다.

내 자신도 지금이 수확의 시기이다.

20대에 헌신적으로 사람과 관련을 갖고 30대까지 온갖 책을 읽고, 40대에 그것을 내 자신의 언어로 괴로워하면서 바꿔 왔다.

그 결과 몇 권의 책과 텔레비전 드라마 극본과 친구들과 지금은 성인이 된 아들과 딸, 나름대로 행복하다.

그러나 무엇 하나 운이 좋아서 손에 넣은 것은 하나도 없다. 내가 그것을 정말 진정으로 원했고 그것을 위해서 노력해서 얻어진 것뿐이다.

　그리고 자신이 정말 원하는 걸 손에 넣기 위한 노력은 싫은 일이 아니다. 괴로운 일도 아니다.

　그렇다고 피와 땀의 결정이라고 말할 생각은 없다. 좋아하는 일이기 때문에 노력하면서 즐거웠다. 기뻤다.

　노력하는 자체가 곧 괴로움이라는 생각은 버리자. 만일 괴로움뿐이라면 어떤 천재라도 계속하지 않는다. 괴로움 속에 무수의 기쁨이 있기 때문에 계속할 수 있는 것이다.

　괴로움뿐이었다면 아마 그것은 당신에게 맞지 않는 일인지도 모른다. 예를 들어 작가의 자질이 없는 사람이 아무리 노력으로 썼다 해도 어지러울 만큼의 기쁨은 거기서는 찾아낼 수가 없다. 쥐어뜯는 듯한 위통만이 존재할 뿐이다.

　당신은 자신을 어떤 나무로 키우고 싶은가 생각해 본 적이 있습니까? 또 그 나무를 키우고 영양을 주는 것은 당신의 어머니도 아버지도 아니고 당신 자신의 일이라는 것도.

버린다는 것

오늘도 내일도 이삿짐 정리를 하면서 나는 물건을 버린다.
나를 버릴 수 없으니까 물건이라도.

이사하려고 짐을 싸다 보니 보통때 눈에 거슬리던 것 말고도 잡동사니가 산을 이룬다. 언젠가는 쓰겠지 하고 뒀던 것들이다.

새삼스레 꺼내 보니 유행이 지났거나 곰팡이가 슬었거나 모양이 변해서 누구에게도 줄 수 없는 물건들이다.

말 그대로 쓰레기더미다.

새삼 이사 준비에는 대담함이 필요하다고 느꼈다. 오래 된 앨범이 나오고 그것을 뒤적여 보고 하다 보면 두세 시간은 금세 지나가 버린다.

옛날 앨범은 감상적이고 그 뒤에는 잠시 감상에 젖게 된다. 될수록 손을 대지 않는 게 좋다.

여러 가지를 버리는 중에 나는 버리는 것에도 쾌락이 있다는 걸 알았다. 헌옷이랑 헌책, 헌 물건을 버리는 일은 과거가 있는 것을 버리는 의미가 된다.

낡은 것뿐만 아니라 지금 입고 있는 옷이랑 쓰고 있는 것조차도 버리고 싶을 때가 있다. 작년 뉴욕이랑 파리에서 산 옷들. 아직 한 번도 입어 보지 않은 채 뒀던 것들을 여동생에게 홀쩍 줘버렸다. 병적으로 모았던 구두도 벨트도 가방도 모두 처분을 했다. 아직 쓸 수도 있고 써보지도 않았던 것들을 '에잇!' 하고 버리니 내 여동생은 신이 났다.

나는 문득 미친 듯이 물건을 버리는 게 무엇인가에 대한 대상 행위라는 생각이 들었다.

내 어깨에 달라붙은 것, 어떻게 해서도 버릴 수 없는 것, 가족이라든가 집이라든가 병이라든가 하는.

그런 것들이 내 자신을 얽어맨 듯한 기분을 벌써 오랫동안 느껴 왔다.

가족이랑 나의 습관이랑 지병은 '에잇!' 하고 쉽게 버릴 수 없으니까.

어떻게 해도 버릴 수 없는 것 때문에 옷을 버리기도 하고 물건을 버리기도 한다.

말하자면 몸 대신이다.

새옷을 버렸으니까, 너희들은 버리지 않아도 되니까라고 친구나 형제들에게 말할 수는 없다.

오늘도 내일도 이삿짐 정리를 하면서 나는 물건을 버린다. 나를 버릴 수 없으니까 물건이라도.

내게 소중한 일

시간을 도둑 맞으면서도
전혀 눈치 못 채는 불감증.

오십이 지난 지금도 나는 기가 세고 에너지가 넘치는 것처럼 보이는 모양이다.

그런데 그렇게 보이는 게 나의 비극이다.

왜 그렇게 보이는가 하고 가끔 생각해 볼 때가 있다. 아마도 목소리가 크고 손득을 따지지 않고 하고 싶은 말을 하기 때문이 아닌가 한다.

보통 하고 싶은 말을 하는 것은 기가 세야만이 가능하다고 생각하는 모양이다, 사람들은.

그것은 세간의 착각이다.

나는 기가 세기는커녕 완전히 기가 빠진 생활을 하고 있다.

나의 일상은 도장을 찍은 것처럼 정해 있다.

아침 여덟 시에 일어나서 커피 마시고 신문 보고, 대강 할 일을 하고 나면 오후 두 시다. 다섯 시까지 책상 앞에 앉는다.

이 리듬이 깨지면 좋을 게 없다. 엉망이 된다.

보내온 책이랑 잡지를 펼치거나 위성 텔레비전의 영화를 보거나 하면 착오가 생긴다.

그래서 일하기 전에는 될수록 텔레비전을 켜지 않으려고 한다.

아침 산책이라도 하면 그것으로 하루의 일이 끝나 버린다. 종일 쓸모없는 시간을 보내고 만다. 손님이 오면 또 그것만으로도 하루가 지난다. 밤에 외출 예정이 있으면 이미 마음이 분산돼서 책상 앞에 앉지를 못한다.

말하자면 자신을 조정하는 데 아주 서툰 여자다. 시간을 도둑맞으면서도 전혀 눈치 못 채는 불감증인 셈이다.

그런데 전화만큼은 다르다. 아무리 많이 걸려 와도 좋다. 원고를 쓰고 있는 중에라도. 오히려 내가 한숨 돌리는 시간이 된다.

그 한숨 돌리는 시간에 의해서 글을 쓰는 서너 시간의 긴장을 이겨 낸다.

가끔 외식이라든가 모임, 쇼핑, 방안의 장식을 바꿔 기분전환을 해볼까도 하지만, 하지 않는다. 피로의 근원이 되니까.

또 영화는 제외다. 밤새 몇 편의 비디오를 봐도 전혀 피곤하지가 않다. 그게 이상하다.

'도대체 무슨 재미로 살고 있습니까?' 하고 놀라는 사람도 있다.

특별히 즐거움을 바래서 사는 건 아니니까, 인생은 괴로운 것이라고 생각하고 있으니까 하면 모두 싫은 얼굴을 한다.

지금은 특별히 문제되는 괴로움이 없는 것만으로도 감사하고 있다.

고급 요리가 아니더라도 내가 내 입맛에 맞게 만든 음식을 먹고,

고급이 아니지만 청결한 옷을 입고, 좋아하는 시간에 목욕하고, 잠들기 전에 미스테리 소설이라도 몇 줄 읽다 자고 싶은 만큼 자는 것.

지금 내가 소중히 여기고 싶은 건 그뿐이다.

행복은

어리석은 사람은 세속의 명예를 탐하고 바른 길을
지키지 못한다. 허명은 자신을 위험에 처하게 하는 화근이다.

그리스의 철학자 에피크로스는 '금전·쾌락·명예를 사랑하는 사람은 사람을 사랑하지 못한다'고 했다.

어리석은 사람은 세속의 명예를 탐하고 바른길을 지키지 못한다. 허명은 자신을 위험에 처하게 하는 화근이 된다. 그 뉘우침은 나중에 온다고 했다.

《비유경(譬喩經)》에는 이런 말이 적혀 있다.

옛날 네 명의 아내를 둔 남자가 있었다. 수명이 다 돼서 저 세상으로 여행길을 오를 때, 아내 중 한 사람을 데리고 가고 싶다고 했다.

그래서 평소 가장 사랑했던 첫번째 부인에게 빗대어 얘기를 하니 그녀는 싫다고 냉정하게 거절했다.

두 번째 부인을 불러서 부탁한 결과 역시 싫다고 했다.

세 번째 부인은 성묘 정도는 가겠지만 저승까지는 가지 않겠노라고 했다.

남자는 어쩔 수 없이 하녀처럼 부리던 네 번째 부인에게 부탁했다. 의외로 선뜻 가겠노라고 했다. 거기가 무간지옥의 불더미 속이라도 떨어지는 일 없이 따라가겠노라고 했다.

이 얘기의 첫번째 부인은 우리들의 육체를 비유한 것으로, 가장 사랑스러운 것은 자신의 목숨이다. 그러나 저 세계까지 반려자는 될 수 없다.

두 번째 부인은 재산·지위·명예·권력으로 사람을 함몰시키면서까지 손에 넣었던 것이다. 역시 저 세계에 갖고 갈 수는 없다.

세 번째 부인이라는 것은 실제의 아내다. 아무리 사랑해도 저 세계까지 동반할 수는 없다.

네 번째 부인이라는 것은 우리들이 매일 만들어 내는 선업이랑 악업이다. 그것은 저 세계까지도 그림자처럼 따라다녀서 떨어지지 않는다.

우리들은 조금이라도 이름이 팔리면 마치 허명(虛名)이 자기 자신이라고 생각한다. 해서 득의 만면하지만 결코 본인을 높이기는커녕 더럽히고 만다.

내가 아는 사람 중에 무명 작가 시절에는 원고료와 상관없이 글을 쓰다 유명하게 되자 돈부터 따지는 사람이 있다.

창조의 목적은 평판도 아니고 성공도 아니다.

노벨문학상을 거절한 소련의 작가 파스테르나그는 '평범한 사람은 다른 사람보다 더 돈을 벌고 싶다라든가 빨리 출세를 하고 싶다고 생각하면서 생활한다. 인생의 행복은 부자가 되는 것은 아니다. 부자로 태어나도 돈을 지키고 있을 뿐이다. 자기가 그것을 마음대로 쓸 수 없으면'이라고 했다.

총리가 되든 장군이 되어 훈장을 어깨에 단다 해도 고양이 목에 방울을 단 것과 다를 바 없다.

훈장을 받는 일이 훌륭한 건 아니다. 명예랑 돈은 인생의 최종 가치가 아니다.

파초와 대나무의 잎은 열매를 맺고 시들어 버린다.

복마는 새끼를 배고 죽는다.

인생에서 행복은 남을 위해 뭔가를 할 수 있을 때이다. 남을 위해 일생을 바친 사람은 정말 아름답다. 마더 테레사처럼.

불륜의 사랑이 어리석은 이유

불륜에 득은 없다. 희망도 장래도 없다. 청춘을 무의미하게
불태워 버릴 뿐이다. 불륜의 사랑은 사랑이 아니다.

웨딩드레스가 어울리는 나이에 불륜의 사랑을 해서는 안 된다. 그렇다고 그 외의 나이에는 해도 괜찮다는 뜻은 아니다.

결혼해 있는 남자의 입은 램프(Lamp)와 같다.

램프라는 등은 끝부분만으로도 조금씩 타니까. 그래서 임시 방편의 말을 한다.

"집사람과는 안 맞어. 거의 별거 상태야. 애들이 어느 정도 크면 헤어질 생각이야. 그리고 너하고 결혼하고 싶어. 말이 집이지, 하숙집이라고. 내가 사랑하는 건 너뿐이야."

정말 램프의 심이 타듯 졸졸 입끝에서 말이 나온다는 생각이 들지만, 젊은 여성은 의외로 그런 말에 약하다. 매달리고 만다.

확실하게 말해서 불륜하고 있는 대다수의 남자는 아내와 사이좋게 지내고 있다. 두근거림은 없을지 모르지만 적어도 평화스럽게 생활하고 있다.

게다가 아내나 아이들과 헤어질 남자도 없고 수속을 밟는 귀찮

144

음이나 번거로움을 앞장서서 할 남자도 없다.

사회적 제재를 생각했을 때 대다수의 남자들은 젊은 연인과 재혼하려고는 생각하지 않는다.

불륜의 사랑에 빠져 있는 젊은 여성은 자기가 상대에게 편리한 여자라고 빨리 결론짓는 게 낫다.

언제든지 헤어날 수 있는 근성과 오기 없이 불륜의 사랑이 어쩌고 하는 건 꼴불견이다.

탈 대로 다 탄다면 부디 나쁠 일은 없겠지만 사랑은 진정한 사랑을 할 때 태울 가치가 있는 게 아닐까.

불륜에 득은 없다. 희망도 장래도 없다. 청춘을 무의미하게 불태워 버릴 뿐이다.

별로 마음에 들지 않는 상대와 사귀는 경우가 있다. 더 좋은 사람이 있을 것 같은 예감이 든다. 막상 상대가 다른 여자에게 눈을 돌리면 왠지 슬픈 생각이 들고.

그런 것은 사랑이 아니다.

불륜의 사랑도 사랑은 사랑이라고 한다. 천만에. 그것은 사랑이 아니다.

한 가정이 흐트러지지 않게 하는, 잠시 필요한 상비약일 뿐이다. 불륜은.

상비약도 과다 복용하면 독이 된다.

요즘 남성

현대의 남성은 강한 여성을 누르는 부드러움을 터득하고 있다.
실은 부드러운 척하고 있는 것이겠지만.

전업 주부였을 때, 나는 언제나 화를 내는 아내였다.

그 원인은 대개 남편이 왜 가정 건설(?)에 비협조적인가, 아니 비협조적이라기보다 전혀 도움이 안 되는가 하는 것 때문이었다.

남편은 귀가 시간을 일절 지키지 않았다. 어디에 가는지도 말하지 않았다.

가계에도 무관심하고 집안에 바퀴벌레가 나오든 전기가 고장이 나든 상관을 안했다.

그렇다고 아주 나쁜 남편인가 하면 그렇지도 않았다. 다만 어느 집에도 비슷한 내용으로 다투어야 할 그런 남편이었다.

아내는 불만과 노여움을 항시 남편에게 갖고 있다. 남편은 그 노여움과 불만을 듣고도 입을 다문다. 또 못 들은 척한다.

아내라는 존재의 슬픔은 그녀가 가정 건설이라는 대의명분을 향해 맹렬히 매진하는 데 있다.

나는 아내를 그만두고 나서 확실하게 알았다. 진지하게 한결같이 목적을 향해서 나가는 병사의 슬픔을.

실은 남자가 정말 남성적이면 그런 아내의 일심불란의 매진에 슬픔을 느껴야 한다. 그리고는 안아 줘야 한다.

그런데 현대 남자 중에 진짜 용감한 사람은 없다.

여자가 일심불란하게 해야 할 만큼 모른 척 남자는 입을 다문다. 또는 다문 척한다. '야! 여자들은 못 말려'라는 식으로 말하면서.

그 못 말리는 점이 사실은 자기의 가정을 지켜주는 데 안심한다. 그러면서 적당히 이용하고 편해질 생각만 한다.

아내에게 꼼짝 못하는 척하면서 귀찮은 일은 아내에게 맡겨 놓는다.

만일 여자가 그 고지식함을 버리면 어떻게 될까? 남자에게 관대하고 남자처럼 술 마시고, 젊은 여자, 아니 젊은 남자와 사귀면 어떻게 될까? 저금도 안하고 남편의 귀가 시간에는 아예 관심도 없고 가계도 돌보지 않으면 어떻게 될까? 가정은 파멸이다.

이미 남자는 여자의 일심불란의 현실주의를 악담이나 하고 있을 입장이 아니다.

남자는 여자만큼 순수하지 않다.

약한 척, 피곤한 척, 잡혀 사는 척. 지금은 어떤 불명예스러운 척이라도 몸의 평온을 위해서라면 하게 된다.

부드러움은 강함을 누를 수 있다고 했다.

강한 여성을 누르는 부드러움을 터득한 모양이다. 현대의 남성은. 실은 부드러운 척하고 있는 것이겠지만.

탱고를 배우는 날에

일과 취미를 분간하지 않으면
취미는 취미로서의 의미가 없어진다.

나에게는 취미라는 게 없다.

일 외의 시간을 어떻게 보내는가 하면 반은 책을 읽고 반은 비디오를 본다.

독서와 비디오 감상을 취미라고 부를 순 없다. 현대인의 상식이다.

골프를 하라고 권하는 사람도 있다. 골프는 기미와 주근깨가 생겨서 못한다. 장시간 햇볕을 쐬면 이미 나이가 들어서 재생 능력이 없는 나의 피부에는 무리다. 오히려 공포로 느껴진다.

여행도 그렇다. 시간과 여유가 있으면 어디든 훌쩍 떠나고 싶다. 그 훌쩍 떠나는 게 안 되니 문제다. 성격 탓이다. 다시 말해서 귀찮다. 짐을 싸고 풀고 시간에 맞춰서 행동하는 게.

맛있는 걸 먹는 일도 예전 같지가 않다. 무엇을 먹어도 별로 맛이 없다.

가끔 내게 '도대체 취미가 뭡니까?' 하고 새삼스럽게 물어 오면 마음이 어두워진다. 꼭 내게 실연한 횟수를 물어보는 느낌이 들어서이다.

나는 물론 무취미를 부끄럽게 생각한다.

왜 무취미가 부끄러운가? 마치 문화문명에 뒤떨어진 원시인 같은 눈으로 보여지기 때문이다.

예를 들어 골프를 하고 있는 사람은 하지 않는 사람을 보고 '이렇게 재미있는 걸 왜 안하지? 바보같이'라고 생각할 테니까.

무취미만이라면 그래도 좋다.

나는 재능도 없다.

무취미·무재능이 합치면 정말 비참해진다. 확실하게 말하면 바보 취급 당한다.

노래 부르고 춤을 춰야 하는 장소에 가면 나는 형편없이 초라해진다. 춤은 말할 것도 없고 노래도 형편없다.

지금 내가 취미로 선택하고 싶은 게 하나 있기는 있다. 아르헨티나의 탱고를 배우는 일이다. 배우기 시작하면 밤샘을 할 정도로 열심히 할 것 같은 생각이 든다.

탱고만큼은 무슨 일이 있어도 꼭 배우고 싶다고 했더니,

"언니, 골다공증에 신경을 쓰셔야 할 걸요?"
하며 여동생이 놀린다.

워낙 무취미 인간이 무엇을 해보려고 할 때면 으레히 듣는 야유다. 그러니 분발할 힘이 안 생긴다.

나는 하나에 몰두하면 그것밖에 안 보인다. 그때 갖고 있는 돈이랑 시간이랑 정열을 모두 거기에 써버린다.

나의 그런 성격을 스스로 알고 있기 때문에 이 단행본 원고가 끝날 때까지는 참아야 한다.

일과 취미를 분간하지 않으면, 취미는 취미로서의 의미가 없어진다.

지금 내가 쓰는 것 외에 탱고를 배우지 못하는 건 그런 염려 때문이다.

시간과 체력을 모두 거기에 써버릴 테니까. 그러면 이미 취미가 아니지 않을까?

그러다 보니 결국 아직도 무취미인 채로 있다. 나는.

인생이란

인간 관계의 기본은
영원의 실패라고 정해져 있다.

기억이 좀 흐리지만, 프로베르의 단편에 이런 얘기가 있다.

어느 추운 겨울에 한 성인(聖人)이 꽁꽁 얼어붙은 길을 걷고 있었다. 그는 길바닥에 쓰러져 있는 거지를 보았다.

"옷을 벗어 줘."

하고 거지가 말했다. 성인은 코트를 벗어 주었다.

"아직도 춥다. 그 옷도 줘."

거지가 원하는 대로 성인은 윗도리를 벗어 거지에게 걸쳐 주었다. 그러나 거지는 그것으로 만족하지 않았다.

"나를 안아서 따뜻하게 해줘."

라고 했다. 원하는 대로 성인은 그의 몸을 안았다.

"더 세게."

라고 거지가 소리를 질렀다.

성인이 거지의 몸을 더 세게 껴안으니까 몸에서 갑자기 빛이 나오기 시작했다.

거지가 예수로 변했다.

이 프로베르의 단편을 처음 읽은 것은 고등학교 때였다. 그때는 어리석은 애기라고 생각하고 별 감동을 못 받았다.

오랜 세월이 흐른 지금 다시 한번 생각해 봤다.

이 거지를 '인생'으로 바꿔 놓고 보았을 때 처음으로 그 의미를 알 수 있을 것 같았다.

인생은 거지처럼 꺼림칙한 것이다.

그런데 우리들에게 자신을 안아달라고 요구하고 있다. 안아달라는 건 버리지 말라는 의미다.

성인은 거지처럼 꺼림칙한 인생을 껴안았다. 인생은 더 강하게 더 강하게라고 졸라댄다.

성인이 인생을 더 강하게 껴안았을 때 추한 인생으로부터 빛이 발했다는 애기다.

인생은 참담한 것이다. 기쁨보다도 괴로움을 안고 산다. 그 중에도 인간관계의 어려움은 어떤 지혜도 어떤 교육도 해결할 수 있는 게 아니다.

인간관계의 기본은 영원의 실패라고 정해져 있다.

내가 글을 쓰는 일을 선택한 것도 인간관계를 비교적 간단하게 하고 싶어서였다.

인간관계의 실패든 꺼림칙함이든 나도 있는 힘을 다해서 껴안아 봐야겠다.

한없이 투명한 잿빛

중년의 멋은 타인에게 어떻게 보여지는가보다는 마음에
긴장감을 갖게 하고 자신을 격려하는 의미가 있다.

노파라는 말을 요즘에는 잘 사용하지 않는 모양이다. 예전에는
오십 세 이상이면 노파라는 소리를 들었다는 기억이 있다.

그때 나는 지금보다 훨씬 젊었기 때문에 그런 소리를 듣고 화를
내는 여자들의 심정을 이해할 수가 없었다.

지금 내가 오십이 되고 보니 노파라는 말은 가슴을 찌르는 심한
말이라는 생각이 든다. 이 말에는 파뿌리 같은 흰 머리에 구부정
한 허리하며 마치 귀신 같은 이미지가 있다. 그런데 아주 산골짜
기에나 가지 않는 한 그런 모습은 이젠 보기 힘들다. 오십 세는
물론 육칠십 세의 여성이라도 노파라는 말은 어울리지 않는다.

이가 빠지면 틀니를 하고 흰 머리는 염색을 하면 된다. 노동 때
문에 허리가 휜 사람도 거의 없다. 팔십이 넘어도 엷은 화장을 하
고 화려한 색상의 옷을 입은 여자도 얼마든지 있다.

예전에는 오십이 넘어서 화장을 하면,

"그 나이에 주름 감출 일 있니?"

하고 흉을 봤다.

옛날 애기다. 이젠 오히려 감추지 않는 걸 흉본다.

의학의 진보와 생활의 여유 덕분에 남자도 여자도 젊음을 오래 보존할 수 있게 되었다. 축하할 일이다.

이십대의 딸 옷을 사십대의 어머니가 입어도 이상하지 않다. 경제적으로도 도움이 된다.

그러나 누가 뭐라고 해도 젊어 보인다는 건 정신에 탄력을 준다.

멋을 내지 않는 사람보다 멋을 내는 사람이 탄력성이 있다.

멋쟁이는 아무리 중년이라고 해도 걸음걸이부터가 다르다. 느릿느릿 걷지 않는다. 걸음에 활기가 있다.

젊었을 때의 멋은 아름답게 보이는 게 목적이다. 중년의 멋은 타인에게 어떻게 보여지는가보다 마음에 긴장감을 갖게 하고 자신을 격려하는 의미가 있다.

중년 후반인 나는 우울하고 일이 안 될 때면 화장을 하고 옷도 화려한 색상을 골라 입는다. 지금까지는 어느 쪽인가 하면 우울하면 더 검정색, 회색, 밤색 계통의 옷을 입었다. 그런데 갑작스레 화려한 색을 입으니까 주위에서 '남자가 생긴 게 아니냐'고 야단이다. 그 발상이 재미있다.

나폴레옹도 자기 자신을 격려하기 위해서 전장에서도 하루도 건너지 않고 면도를 하고 향수를 뿌렸다고 한다.

나도 그런 심정으로 내 자신과 싸워 이기기 위해서 치장을 하는 것뿐이다.

어느 날 친구가 와서 하는 애기가,

"옛날 같으면 우리 정도의 나이면 손자가 할머니 하고 부르면 자연스럽게 노인측에 끼겠지만 요즘엔 대체 언제부터 노인답게 행세를 해야 할지 모르겠다."
고 했다.

사실 곱게 늙어 간다는 건 어려운 일이다.

어떻게 늙어 가는가에 따라 여자의 가치가 정해지는 게 아닐까.

그것은 얼마나 자신을 객관화해서 보고 얼마나 자신을 알고 있는가 하는 것과도 연관이 되는 일이다.

이미 가버린 사랑인데

확실하게 말해서 아무리 바빠도, 아무리 피곤해도 애인에게
전화는 걸 수 있다. 긴 시간이 없는 게 아니라 걸 마음이 없는 것이다.

얼마 전 독자한테서 전화를 받았다. 상담을 하고 싶다고 했다.
내용은 삼개월 동안이나 애인한테서 전화가 걸려오지 않는다는 것
이다.

먼저 해보면 되지 않느냐고 내가 말했다. 이쪽에서 전화를 하면
귀찮은 듯한 목소리로 무성의하게 대답을 한다는 게다.

그런 남자한테 뭣하러 미련을 갖느냐고 다시 내가 물었다.

그는 너무 바빠서 오피스텔에 도착하기가 바쁘게 쓰러져 자는
생활이기 때문에 피곤한 목소리밖에 낼 수 없다고 했다. 또 제게
전화를 걸고 싶어도 시간이 없을 것이라고 그녀가 대답했다.

나는 상담이고 뭐고 해줄 말이 없었다. 어떻게 요즘 세상에 이런
여자가 있을까? 한심하다는 생각까지 들었다.

그것은 아니다. 나는 눈코 뜰 새 없이 바쁜 사람들을 많이 봐 왔
다. 세계 시장을 상대로 해외를 수없이 들락거리는 비즈니스맨도
많다.

그러나 확실하게 말해서 아무리 바빠도, 아무리 피곤해도 애인에게 전화를 걸 수 있다. 또 건다.

걸 시간이 없는 게 아니라 걸 마음이 없는 것이다. 죽을 정도로 바쁘다 하더라도 하루에 한 번은 식사를 할 것이다. 화장실도 가고 샤워도 한다. 그때 단 몇 분, 아니 몇십 초.

"나야. 바빠서 전화 간단히 끊자. 잘 지내니? 그래 그럼 다시 전화할게."

라고 못할 리가 없다.

여자는 전화의 길이가 문제가 아니라 횟수가 문제다.

나를 잊지 않고 있다는 실감이 필요하다. 심하게 얘기하면 자동응답기에 메시지가 몇 초나마 들어 있는 것으로 안심한다. 사무실에서 잠시 자리를 떴을 때 '○○씨한테서 전화 왔어요' 하는 메모 한 장으로 종일 기뻐진다.

아무리 게으름뱅이 남자라고 해도 진짜 좋아하는 상대에게 일주일 이상 연락을 안한다는 건 있을 수 없다. 더구나 3개월이란 말이 안 된다.

나 같으면 나를 좋아하지 않는구나 하고 생각할 텐데. 그녀는 아직도 행여나 하고 미련을 갖고 있다.

그건 끝난 얘기다. 그녀에게 마음이 없다는 얘기다.

나는 내 맘대로 정해 버리는지 모르지만 이쪽에서 세 번 전화를 해도 상대한테서 걸려오지 않을 경우에 '나를 좋아하지 않는다'라고 생각을 해버린다. 기가 짧다는 얘길 듣지만 그렇지 않다. 좇지 않는다. 매달리지 않는다. 유혹하지 않는다. 이것이 3대 원칙이다.

한국이란 나라에서 보통으로 살고 있는 한 전화는 반드시 걸 수 있게 되어 있다.

그럴 마음이 없는 상대로부터의 전화를 기다리다 지쳐서 우울한 마음이 되는 건 억울하다. 그런 것은 그만두자.

새로운 사랑을 위해 자신을 닦는 쪽이 훨씬 정신건강에 좋다.

성격 때문에

싸운 후에 어느 쪽이 먼저 말을 거는가 하는 것은 끈기 겨루기다.
이런 끈기 겨루기에는 여자가 지는 게 좋다. 그게 이기는 것이니까.

싸운 뒤에 어느 쪽이 먼저 사과하는가 하는 게 중요한 모양이다. 나는 망설이거나 주저하지 않고 내가 먼저 해버린다.

이 망설이거나 주저함 없이라는 게 중요하다. 타이밍을 놓치면 화해하기가 어렵게 된다. 몇 주일 지난 뒤에 '미안해'라든가 '오늘 시간 있어'라는 말은 그렇게 쉽게 나와 주질 않는다.

그러는 동안에 혹시 저쪽에서 먼저 사과의 전화가 올 것이라는 기대를 걸고 벨이 울리는 일만을 기다리는 나날.

나는 그런 끈기를 견주는 일은 못한다. 나같이 성질이 급한 사람은 길어야 네 시간이다. 그 동안에 사과를 하든 마음이 풀렸다는 걸 알려야 한다.

생각해 보면 싸운 후에 어느 쪽이 먼저 말을 거는가 하는 것은 끈기 겨루기다. 남녀 평등의 세상이라고는 하지만 이런 끈기 겨루기에는 여자가 지는 게 좋다. 그쪽이 여자의 승리다. 남녀 차별이 아니다. 남녀의 차별을 이해하는 일이다. 단순히 그뿐인 얘기다.

여자와 남자를 비교했을 때 역시 남자 쪽이 체면에 연연한다. 체면이 떨어지는 걸 최대의 수치라고 생각한다. 여자 입장에서 보면 우습다.

그렇다면 망설이거나 주저함 없이 남자를 편하게 해줘 버리면 된다.

사랑이라는 게 그렇지 않아도 힘든 일이 많은데 어리석다고 생각되는 일에는 체력도 기력도 아껴 두는 편이 좋다.

재미있는 점은 심통이라는 말이 있다.

화났다고 하기보다는 토라졌다는 쪽에 더 가까울 것이다.

이 말이 암시하는 것처럼 연인들의 일상적인 싸움의 대부분은 작은 일이다. 달콤한 것이다.

그런 일에 '여기서 지면 여자가 체면이 깎인다'고 생각하지 말자. 작은 일에는 여자 쪽이 너무 뻗대지 않아도 좋지 않을까?

뾰로통해서 등을 돌리고 자고 있는 그의 어깨에 기대어,

"미안해. 끈기 겨루기에 내가 졌어."

하고 말하면 끝나는 얘기다.

남녀 평등은 중요하지만 사랑에까지 끈기 견주기를 적응시키면 남녀의 미묘함이 깨지고 마니까.

나는 무조건 먼저 사과한다. 실은 오직 급한 성격 때문이지만.

믿지 않아요

편한 애인, 많은 여자만 거쳐 간다고 해서
자랑할 것이 못 된다. 오히려 부끄러운 일이다.

〈연애론〉을 쓴 스탕달은 어떻게 생겼는가 하고 궁금했었다. 그의 초상화를 봤더니 턱수염을 기른 푸줏간 아저씨 같았다. 약간 실망했다.

여고시절 앉으나 서나 읽고 또 읽었던 그의 작품과는 맞지 않는 얼굴이었다. 그래서 작가는 스타일이나 용모로 판단해서는 안 된다고 생각했다.

요즘은 얼굴과 글이 일치하는 작가도 많다. 예를 들어 최인호 씨. 그의 아름다운 용모만큼 글도 아름답다. 아니 멋스럽다고 해야 옳을 것 같다.

그러나 작가는 배우가 아니니까 아무리 못생긴 남자라도 만천하의 여자의 눈물을 짜내는 연애 소설을 쓸 수 있다. 오히려 추남 작가야말로 진짜 연애 소설을 쓸 수 있을지 모른다.

진짜 연애에 대해 안다고 하는 사람은 연애심리에 통달하고 많은 여자를 사귀어 본 사람이 아니다. 단 한 여자만을 깊게 사랑하고 있는 힘을 다해 노력하는 남자이다.

몇 명의 여자와 잤는가를 자랑스럽게 떠벌리고 다니는 남자가 있다. 그런 남자를 보면 여자를 모두 아는 것처럼 자만한다. 잠잔 여자의 수만큼 자기가 여자를 알고 있다고 착각하는 모양이다.

그런 남자가 얘기하는 '여자란 무엇인가?' 하는 얘기를 듣고 참고가 된 일이 한 번도 없다.

나는 여자를 유혹하는 사람과 엽색가는 다르다고 생각한다. 엽색가는 분별없이 양(量)으로 여색을 탐하는 남자다.

이런 남자야말로 여성을 차례로 바꿔 가며 자기는 여자를 안다고 떠벌리는 일당이다.

카사노바라는 18세기 엽색가의 회상록은 별로 재미가 없다.

카사노바는 젊은 여자랑 순진한 규중처녀만 상대해서 꼬드긴 수를 자랑스럽게 여기는 느낌이 든다.

그럼에도 불구하고 카사노바가 사랑할 만한 인간인 것은 그의 기지와 속임수와 밝은 성격이라는 점이다. 자기가 단순한 탕아로 여자에게 보여지고 있지 않다고 믿는 데 있다.

한국에도 '제비족'이 있다. 그들은 아예 카사노바적이지도 않다. 한 여성도 사랑할 수 없는 약한 성격의 소유자이며 돈을 탐한다.

그들이 흔히 쓰는 아방튀르라는 말이 한국에서 언제부터 유행했는지 모르지만 거기에는 바람이라든가 정사라는 의미가 부착되고 말았다.

그러나 '아방튀르'는 사전을 찾아보면 모험이라는 의미다. 모험인 이상은 고난도 위험도 따른다.

편한 연애, 많은 여자만 거쳐 간다고 해서 자랑할 것이 못 된다. 오히려 부끄러운 일이다.

백 권의 책을 읽는 것보다 한 사람의 여성을 아는 게 훨씬 값지다는 얘기가 있다.

물론 '카사노바적'이 아닌 한 인간으로서의 여성을 이해한다면 하는 전제 속에서다.

사랑을 해보지도 않고 사랑의 불모니 부재니 고독이니 하는 사람을 믿지 않는다. 나는 또한 한 권의 러브스토리도 쓰지 않는 작가를 인정하지 않는다.

고난봉 씨의 경우

바람 피운 날은 꼭 숯불갈비집에 가서 냄새를 옷에
배게 할 것과 마누라와 될수록 길게 말하지 말아야 한다.

알 사람은 다 아는 제주의 카사노바 고난봉에게도 철칙은 있었다.

첫째, 바람 피운 날은 꼭 숯불갈비집에 가서 냄새를 옷에 배게 할 것. 이것은 바람 피운 냄새를 없애는 데 아주 효과적이라는 걸 어느 책에서 읽은 뒤부터 실행해 오는 터이다.

둘째, 마누라와 될수록 말을 길게 하지 말 것. 이 두 가지다.

적당히 숯불갈비 냄새를 묻히고 적당히 취해서 고난봉이 집에 돌아왔을 때는 자정이 훨씬 넘었다.

마누라 부충심은 자고 있지 않았다. 부엌 식탁 위에 원고지를 펼쳐 놓고 무엇인가를 쓰고 있었다. 마누라 부충심이 무엇인가를 쓰는 모습을 보는 건 물론 처음이 아니었다.

문화센터에 나가기 시작하면서 작가가 되겠다고 원고 용지만 낭비하고 있지만, 잔소리가 줄어서 다행이라고 생각하는 요즘이다.

"햐아, 열심이시네. 이 시간까지."

고난봉이 사뭇 감탄하는 투로 말을 걸며 부충심 곁으로 슬쩍 다가갔다. 숯불갈비 냄새를 풍기려는 계산에서였다.

부충심이 고개를 들고 안경 너머로 힐끔 고난봉을 쳐다봤다. 그뿐이었다.

고난봉은 갑자기 불안해졌다. 그냥 넘어갈 부충심이 아니었다.

불안한 나머지 고난봉이 다시 말을 걸었다. 어느새 철칙 두 번째에서 벗어나는 행위를 하고 있었다.

"당신 보나마나 내 홍보는 얘길 쓰고 있지?"

사뭇 애교스럽게 고난봉이 말했다.

"짚히는 구석 있어요? 애교 부리게?"

원고 용지에서 눈을 떼지 않은 채 마누라 부충심이 하는 단호한 한마디였다.

"마누라가 이뻐서 애교 좀 부리면 어때?"

"이봐요, 고난봉 씨! 당신이 이 시간까지 뭘하고 다니는지 난 다 알고 있다구요. 내가 모르는 줄 아세요?"

"무슨 얘기야?"

"알고 있다구요."

'어떻게 알았지?'

고난봉은 다시 불안해지기 시작했다.

"남자답게 실토를 하라구요. 여자가 다 알면서도 모른 척하고 있는 게 얼마나 자존심이 상하는 줄 알아요?"

"나 참, 이 여편네가 뭘 말야?"

"다 알고 있다는데 시침을 떼요?"

부충심이 연필을 놓고 드디어 일어섰다. 안경 너머로 고난봉을 뚫어져라 노려보고 있었다.

"글 쓴답시고 하더니 이 여편네가 스토리 만드나?……."

아무리 카사노바 고난봉이라 해도 마누라의 그 눈앞에는 언제나 더듬거리게 된다.

"솔직히 얘기하면 이번만큼은 용서할 테니까. 신년을 맞이하면서 나도 싸우기 싫다구요. 지난 일은 모두 없었던 걸로 할 테니까 어서 속시원히 얘기해욧!"

신년을 맞이하면서 지난일을 묻어 버리고 용서하겠다. 그렇게까지 얘기하는데……. 이런 부분에서 약해지는 게 또 고난봉이다.

"미안해, 오늘 밤 일은……."

"지금 뭐라고 그랬어요?"

"그러니까 미안하다고……."

"오늘 밤 일이라고 했잖아요?"

"그러니까 미안하다고 했잖아."

"그럼 오늘 밤도 바람 피우고 들어왔다는 얘기예요?"

"당신 애긴 뭐야? 그럼."

"지난주 금요일 밤 얘기예요, 내 얘기는. 기가 막혀서……."

부충심은 후다닥 원고 용지를 정리했다. 그리고 가방을 챙겼다.

"이 밤에 어딜 가? 애들은 어떻게 하라고?"

"……."

부충심은 갑자기 말문이 막혔다. 아이들이 부충심의 약점이었다. 그걸 이용 안할 고난봉이 아니었다.

그러나 이번만큼은 용서할 수가 없다고 부충심은 이를 악물었다.

"애들 인스턴트만 먹이지 말고 영양가를 생각해서 잘 먹이세요."

부충심은 코트를 걸치고 집을 나와 버렸다.

마누라 부충심이 집을 나간 지 이틀째. 고난봉은 끓는 물에 가래떡을 세 사람 분량으로 넣었다. 다음엔 미역. 애들의 영양 밸런스를 생각할 때 미역 이상의 것이 없을 것 같았다. 물에 담가 뒀던 미역을 씻고 또 씻는 동안에 냄비의 물이 서너 번 넘쳤다.

다시 물을 붓고 큼직큼직하게 썬 미역을 넣었다.

그러고 보니 잊어버린 게 있었다. 쇠고기. 냉동실에서 쇠고기 한 덩어리를 찾아냈다.

썰려고 하니 얼어서 도무지 썰어지지가 않았다. 쇠고기 한 덩어리를 놓고 두들기고 주먹으로 치고 온갖 북새통을 떠는 사이에 다시 냄비의 떡국이 넘쳤다. 결국 쇠고기는 포기했다.

미역은 미역대로 가래떡은 가래떡대로 부풀고 퍼지고 넘치고 제멋대로였다.

고난봉은 중얼거렸다.

"미치겠네. 야! 부충심. 도와줘. 도와 달라니까."

고난봉은 애들을 차에 태우고 시동을 걸었다. 무조건 잘못했다고 빌고 또 빌어야 한다고 다짐했다. 영원히, 아니 당분간은 바람이고 뭐고 불가능이라고.

인기 없는 남자

한 여성을 사랑하고 생애 그녀와의 약속을 지키는 건 힘든
일이다. 그것은 고독한 산을 오르는 것과 비슷하다.

주위에 왠지 인기 없는 남자가 있다. 인기 있는 남자보다 없는
남자에게 나는 관심이 간다.

그래서 유심히 그런 남자를 본다.

인기 없는 남자는 만일 그가 생애의 반려라고 생각한 이상은 그
여성과 사랑을 지속시키기 위해 노력하는 인간이다. 사랑의 고독
이니 사랑의 부재니 하는 말에는 흥미가 없다.

그래서 주위의 친구들로부터 '시대에 뒤처졌다'고 비웃음을 당한
다. 여자를 모른다고 친구들이 빈정대면 침묵으로 미소를 짓는다.
그들에게는 그들이 살아가는 방법이 있고, 자기에게는 자기가 살
아가는 방법이 있기 때문이다.

그런 이유로 인기 없는 남자가 왜 구식 연애(?)를 장려하는가
하면 대답은 간단하다.

현대는 백 명의 여자를 안는 것보다 한 여성을 사랑하는 게 훨
씬 힘들기 때문이다. 그리고 쉬운 일은 청년이 할 일이 아니니까.

청년은 산을 여러 개 오를 필요는 없다. 검은 구름 속에 숨겨진 고독한 높은 산을 정복하면 된다.

한 여성을 사랑하고 생애 그녀와의 약속을 지키는 건 힘든 일이다. 그것은 고독한 높은 산을 오르는 것과 아주 비슷하다. 왜냐하면 여성은 언제까지라도 정열의 대상이 될 만큼의 매력이랑 아름다움을 갖는 게 쉽지 않기 때문이다.

처음에는 아름답게 보였던 것도 얼마 안 있어 색이 바래 보기 싫어진다.

그러나 아름다운 것, 매력 있는 것에만 마음을 빼앗긴다면 어떤 인내도 노력도 필요없다.

청춘에게 자기가 선택한 여자가 아름답고 매력적일 때, 거기에 마음을 빼앗기는 일은 바보든 멍청이든 할 수 있다. 세월이 흘러 그녀들이 색바래고 그 맹점이랑 추함이 보여질 때도 그것을 소중하게 여길 수 있는 건 누구에게나 가능한 일이 아니다.

사랑이란 아름답고 매력이 있는 것에 마음이 빼앗기는 게 아니다. 외면적 아름다움이 사라지고 매력이 빛바래도 그것을 소중하게 여기는 것이다.

'인기 없는 남자란' 아마 현대적 풍조로 본다면 이런 어려운 사랑의 행위를 하는 인간이다.

현대의 손쉽고 편함에 타협해서 인기 있는 남자가 되든, 어려움을 택해서 인기 없는 남자가 되든 살아가는 자세란 점에서는 모두 중요하다.

애정도 마찬가지다.

생애 한 여자만을 사랑하는 일은 즐겁고 상쾌한 일의 연속만은 아니다. 상대에 대한 권태감도 있고 경악감도 생긴다. 때로는 증오심도 일어난다. 그럼에도 불구하고 상대를 버리지 않을 때 그 애정에는 생명력이 있는 것이다.

남자다운 행위는 태평양을 요트로 횡단하거나, 오토바이를 타고 세계 일주를 하는 일이 아니다. 눈에 띄지 않지만 자신의 반려도 선택한 여성이 아무리 빛바래고 흉하게 되어도 그것마저도 계속 사랑하는 일이다.

그런 남자다움을 현대는 비웃는 시대가 되었다.

너와 나의 좋은 관계

남자가 혼자서 괜찮은 남자로 있는 것보다 여자와의
관계에서 괜찮은 남자로 있는 편이 더 멋있다.

남자가 겉모양에 신경을 쓰는 것은 속에 든 게 없기 때문이라는
건 옛말이다. 지금 그런 얘기를 하면 흉잡힌다. 시대에 뒤떨어진
아주머니라고.

남자도 피부관리는 물론 패션에도 엄청나게 신경을 쓰는 시대다.

이제 와서 그런 얘기를 하니 나는 언제나 인기가 없다.

흉잡히고 인기가 없어도 좋다.

그래도 나는 남자의 옷차림은 신경을 쓰지 않은 듯하게 입는 걸
좋아한다.

또 어디까지나 내 개인적인 취향이지만 레스토랑의 계산 정도로
카드를 쓰는 남자는 싫다. 3, 4만 원의 지불을 골드카드 같은 것으
로 계산하는 건 매력이 없다.

남자는 엉덩이 주머니에서 아무렇게나 지갑을 꺼내는 게 멋이
있다.

넥타이 핀이라든가 카후스보턴을 하는 남자, 이발관에서 머리 손

질을 하는 남자, 배우도 아니면서 밤까지 선글라스를 끼고 있는 남자, 비듬이 양복 위에 떨어져 있는 남자, 귓구멍 속에 털이 나 있는 남자, 손이 통통하고 하얀 남자, 일 못하는 남자, 일 안하는 남자, 아내랑 자식을 적극적으로 사랑하지 않는 남자, 골프가 취미인 남자, 노래방을 좋아하는 남자, 취하면 인격이 바뀌는 남자, 책을 읽지 않는 남자, 이중 인격의 남자, 모두 별볼일 없다. 그런 남자들은 결코 멋있는 남자가 될 수 없다.

육체를 단련시키고 있다든가 하는 이유로 거친 남자도 곤란하다.

말 못하는 동물을 돌볼 수 있는지, 또 꽃이랑 나무, 식물을 무한하게 아낄 수 있는지 하는 쪽의 점검도 해볼 필요가 있다.

세상에는 자기만 살아가는 것도 아니고 자기들 일가족만 안락하다고 되는 일도 아니다.

아름답게 살기 좋은 환경을 만들고 유지하는 일에 마음을 쓰고, 어떤 형태로든 헌신하려는 자세가 없는 사람은 남자의 질적인 부분에서 무엇인가 빠져 있다.

남자에게 공공심이 없다면 사회 또는 국가는 타락의 길을 갈 뿐이다.

같이 있는 여자를 보면 남자의 내용을 알 수 있다.

괜찮은 남자는 괜찮은 여자와 같이 있다.

그러면 괜찮은 여자란 어떤 여자인가? 뽐내지 않고 떠벌리지 않고 계산하지 않고 나서지 않는 여자다. 지나치게 치장하지 않고 따뜻하고 낮은 목소리로 말하고 유머감각이 있는 여자다.

남자가 혼자서 괜찮은 남자로 있는 것보다도 여자와의 관계에서 괜찮은 남자로 있는 편이 더 멋있다.

둘이서 만들어 내는 분위기가 주위와 자연스럽게 동화되지만, 완전하게 두 사람만이 세계를 만들어 내는 일, 그것이다.

그렇다고는 하지만 어디를 봐도 괜찮은 남자가 없다.

'나'라는 아주머니

택시를 탔을 때 차가 멈춘 후에야 지갑을 뒤져서
돈을 꺼내는 사람이 나는 이해가 안 된다.

나는 원래 급한 성격인데 나이가 들면서 더 심해지는 것 같다.

택시를 타면 목적지에 다다르기 전부터 미리 예상되는 요금을 준비한다. 그리고 미터기가 올라가는 걸 보면서 백 원짜리 동전을 더 꺼냈다가 오백 원짜리 동전을 꺼냈다 다시 천 원짜리를 꺼냈다 한다. 차가 멈춤과 동시에 돈을 내야 직성이 풀린다. 급한 성격 때문이다.

차가 멈춘 후에야 지갑을 뒤져서 돈을 꺼내는 사람이 나는 이해가 안 된다.

나는 원고 쓰는 것 외에는 무엇이든지 빠르다. 먹는 일, 걸음걸이. 말도 빨리하고. 천천히라는 게 내 성격에는 안 맞는다.

요즘 휴대폰은 누구나 다 갖고 있다. 나도 물론 장만을 했다.

상대방의 번호를 누른 후 연락받으실 번호를 누르신 후에 별표(＊)를 눌러 달라는 안내 음성. 이것이 골치다.

여러 번 사용하는 동안에 내간에도 안내의 음성에 의지할 필요가 없게 되었다. 번호를 익숙하게 누른 뒤 별표(*)를 눌렀다.

누르면 ‘녹음되었습니다’ 하는 음성 안내가 나와야 되는데 묵묵무답이다. 그런데 한참 있다가 ‘연락받으실 번호를 누른 뒤 별표를 눌러 주십시오’ 하는 게 아닌가.

‘왜 아까 눌렀잖아요?’ 하고 짜증을 내고 싶은 심정이지만 기계에다 대고 그럴 수도 없다.

생각해 보니 ‘연락받으실 번호를 누르신 후……’ 하는 얘기가 끝난 다음에 해야 되는데 급한 성격이 문제다.

어느 날 서울에서 제주로 가는 비행기표를 끊으려고 항공사 창구에 서 있었다. 그때 아주머니 두 사람이 헉헉거리며 달려오더니,

“아이, 형님 제가 끊을게요.”

하면서 두 사람 중 한 아주머니가 손에 미리 준비하고 있던 돈을 창구에 있는 아가씨에게 훼액 뿌리다시피 했다.

아가씨는 놀라고 불쾌한 눈으로 그 아주머니를 보고 있었다.

옆에서 지켜보던 나는 그 아주머니의 급한 성격을 너무도 이해할 수 있을 것 같았다. 그것은 중년성 성급함이라는 걸, 나는 이해를 했다.

적당한 생각

여자는 약하다는 의식을 버려야 한다. 사람을 상처입히는
건 좋지 않은 일이지만 무턱대고 상처받는 쪽도 좋지 않다.

아침에 커피를 마시면서 주부 대상의 텔레비전 프로를 보는 게
즐겁다. 그래서 언제나 본다.

오늘은 요즘 문제가 되고 있는 '성희롱'에 대해 여성팀과 남성팀
이 열띤 논쟁을 벌이고 있었다.

여성에게 뚱뚱하다든가 말랐다든가 애기하는 것만으로도 성희롱
이 된다는 애기다.

남자가 여성을 성(性)의 대상으로 보는 일은 괘씸하지만 뚱뚱하
다든가 말랐다든가 하는 것이 왜 성의 대상으로 보는 일이 되는지
이해하기 어렵다.

'성희롱' 대논쟁을 보면서 내게는 그 문제에 관해서 의견을 말할
자격이 없는 것 같은 생각이 들었다. 이미 성희롱 대상권 밖으로
밀려서인지 모르지만 과거에 성희롱을 당한 기억이 없다. 어쩌면
사람들이 성희롱이라고 느끼는 걸 나는 느끼지 못했는지 모르지
만.

아무튼 남자가 여자를 성의 대상으로 보는 것은 남자의 자연(自然)이 아닌가? 남자의 본능, 솟구치는 정열이다.

그런데 그런 남자들은 골칫거리다. 해치워야 한다고 하면 남자는 위축되고 만다. 기가 죽는다.

그 중에는 무슨 소리를 들어도 눈도 깜짝 안하는 남자도 있다. 그러나 그 둔감과 무교양을 꺾으려고 들면 들수록 많은 사람들을 위축시키는 결론이 된다.

많은 남자가 위축되고 기가 꺾였을 때 곤란한 것은 여자다.

예전에 남자들은 이렇지 않았는데 하고 하면 할수록 한심해지는 건 우리네 여자들이다.

여자는 약하다는 의식을 버려야 한다. 약하다고 생각하면 강해지면 된다.

강해진다는 건 무턱대고 상처입었다, 상처받았다고 떠들어 대지 않는 것이다.

사람을 상처입히는 건 좋지 않은 일이지만 무턱대고 상처받는 쪽도 좋지 않다.

여자는 이미 충분히 강하다.

약함을 무기로 해서 싸우는 일은 이제 그만두자.

지금은 여성은 강하다 하는 것보다 더 커지는 성숙함을 지향할 때가 왔다고 생각한다.

아주머니와 다이어트

병과 늙음이라는 것은 근본적으로 다르다.
병은 회복되는 게 있지만, 늙음의 앞에는 죽음뿐이다.

신문 속에 끼어 있는 광고지를 읽는 게 재미있다. 여름이 다가오면서 늘어나는 건 뭐니 뭐니 해도 다이어트의 광고다. '사용 전'과 '사용 후'라는 글자가 눈에 띈다.

최근 유행하는 다이어트 광고는 약이 아니라 식품이라는 점이 여성에게는 꽤 설득력이 있는 모양이다. 약이 아니라 식품으로 살을 빼서 아름다워진 여자에게는 백마 탄 왕자님은 물론 취직의 합격 통지도 기다리고 있다는 내용이다.

광고지에 실려 있는 이런 성공 비결을 읽는 게 즐겁다. 기적을 믿고 싶어하는 마음의 스파이스가 되니까.

잡지에 실린 광고보다도 광고지 쪽이 다소 신빙성이 있어 보인다.

그러나 다이어트에 실패한 경우라고밖에 생각되지 않는 여성도 있다. 살을 빼는 데 실패한 게 아니라, 살을 뺐기 때문에 갑자기 늙어 버린 여성들이다.

통통한 얼굴을 하고 있을 때는 20대의 젊은 여성인데 볼살이 빠진 '사용 후'는 아무리 봐도 40대다.

운동을 해도, 식사량에 신경을 써도 뱃살만큼은 그대로라고 친구들이 모이면 이구동성으로 말을 한다. 다이어트를 하면 얼굴은 빠져서 빈상(貧相)이 되는데, 하반신은 살이 찐 상태 그대로라는 얘기다. 그게 바로 중년 비만이 아니냐고 친구들은 웃어댄다.

예전에 여자들은 일정의 연령을 넘으면 모두 아주머니라는 데 별 저항이 없었다. 나이가 들면 이중 턱과 두툼한 발목, 푸짐한 엉덩이. 보통이었다.

현대에 '아주머니'가 클로즈업되는 것은 거기에 반발하는 여자가 많기 때문이다.

다이어트다 에어로빅이다 하며 다듬고 관리를 해서인지 아주머니라는 말에 본인 자신들이 납득이 안 가는 모양이다.

병과 늙음이라는 것은 근본적으로 다르다. 병은 회복이라는 게 있지만 늙음의 앞에는 죽음이 있을 뿐이다.

대개의 사람은 이 공포에서 벗어나려고 하는 나머지 자신이 늙음을 병과 슬쩍 바꾸려고 한다. 그래서 오지도 않을 회복을 기다린다.

이것은 다이어트와 늙는다는 것과의 관계에도 들어맞는 얘기가 아닐까?

늙는다는 것, 중년이 된다는 것은 인간의 체형이 바뀌는 일이다. 아무리 선택받은 여자라고 해도 10대의 소녀와 같은 가느다란 팔과 다리를 지속시킬 수는 없다. 얼굴 모양도 바뀐다. 노화를 예방

하고 싶다는 겸허한 자세로 다이어트랑 에스테틱에 열심을 떨지만 노화를 회복할 수는 없다.

다만 여자들은 노력하기 때문에 늙어 가는 사실에 눈을 감고, 살을 빼는 노력으로 젊음이 지속되어 주길 필사로 바라는 것이다.

늙는다는 건 슬프다. 자기가 중년 여자라고 인정하는 일은 괴롭다. 그것을 솔직하게 인정하는가, 다이어트에 신경을 쓰며 인정하려 들지 않는가. 중년의 많은 여성들은 내심 흔들리고 있다.

그러나 중년 여자는 쉽게 단념하지 않을 것이다. 세간의 어떤 풍파도 헤쳐 왔기 때문에.

모르면 타인

'모르면 타인'이라는 생각은 좋지 않다. 모르는 사람들, 인연이
없는 사람들 속에서도 멋있게 폼을 잃지 않는 게 젊음의 비결이다.

여자도 남자도 나이가 들고 뻔뻔해지면 젊었을 때 느꼈던 수치심이 희박해지는 모양이다.

젊었을 때는 불고기 같은 것을 먹은 뒤 실수로라도 여자가 보고 있는 앞에서 이쑤시개로 이빨에 낀 불고기 찌꺼기를 빼내거나 하지 않던 남자도, 나이가 들면 보통으로 한다. 심할 때는 입 속에 손가락을 집어넣거나 젓가락으로 빼내는 사람도 있다.

젊었을 때는 외출하려면 화장한 얼굴을 몇 번이고 점검하지만 나이가 들면서는 그것도 귀찮아진다. 밤이 늦을수록 번질거리는 얼굴, 식사 후 립스틱이 지워져도 고치지 않는다.

붐비는 전차 내에서도 마찬가지다. 젊었을 때는 아무리 피곤해도 산뜻한 얼굴을 하고 손잡이를 잡고 있는 게 보통이지만, 나이가 들면 그런 미의식 같은 건 아예 없어진다.

어차피 아는 사람도 없는데 하고 조금이라도 빈 공간이 있으면 엉덩이를 들이민다.

젊었을 때 저런 아주머니 아저씨만큼은 되고 싶지 않다고 생각했던 내가 그런 아주머니 아저씨에게 가까워지는 게 슬프다.

하루하루 잃어 가는 체력, 변화해 가는 육체를 생각해 보면 미의식 같은 것에 신경을 쓰고 있을 수가 없다.

그러나 그렇다고는 하지만 역시 멋있게 있고 싶다. 아름답게 있고 싶다는 마음을 잃어버리는 건 두렵다.

나만 해도 요즘에 술을 마시면 주위에 전혀 신경을 안 쓴다. 예전에는 주변에 좀 괜찮은 남자가 있거나 하면 최후까지 긴장해서 신경을 썼다. 지금은 다르다. 괜찮은 남자가 있든 없든 일정량 이상 술이 들어가면 빨리 집에 가고 싶어진다. 집에 가서 화장 지우고 비디오 영화라도 봐야지 하는 생각뿐이다. 이렇게 되면 아주머니 이외의 아무 것도 아니다. 본인은 그것으로 좋지만 주위의 사람들도 흥을 잃는다.

말할 필요도 없이 수치심과 자아의식의 강함은 비례한다. 그리고 자아의식이라는 것은 연령과 함께 감소해 가는 게 보통이다. 어떤 장소에서라도 뻔뻔하게 행동할 수 있게 됐다면 그것은 상당히 나이를 먹었다는 증거다.

젊었을 때는 누구든 그 자리에 있는 인간이 전부 자신의 일거수일투족을 보고 있다고 생각하는 경향이 있다.

지금도 잊혀지지 않는 일이 있다.

대학 3학년 겨울 방학이었다. 처음으로 나는 호남선 열차를 탔다. 내 옆자리에 앉았던 남학생이 도시락을 무릎 위에 올려놓은 채 뚜껑을 열지 않고 가만히 있는 것이었다.

내가 어느 역에서 내린 순간 그는 맹렬한 모습으로 도시락을 먹기 시작했다. 그 모습을 플랫폼에서 목격하면서 얼마나 순수한지 감격했다. 아저씨들이었으면 옆에 누가 앉든 맥주랑 소주를 벌컥벌컥 마시면서 쩝쩝 입소리를 내며 도시락을 먹었을 것이다.

먹고 난 뒤 이쑤시개를 사용하고 트림하고 그 다음엔 코를 골며 잤을 것이다.

'모르면 타인'이라고 생각하는 건 좋지 않다.

모르는 사람들, 인연이 없는 사람들 속에서도 멋있게 폼을 잃지 않는 게 얼마나 젊어지는지를.

노란 장미 한 송이

“행여 그녀에게 이 꽃을 전하지 못할까 봐 걱정했다.
진실은 오직 하나임을 보여준 그녀에게….”

꽃을 받는 일은 언제나 기쁘다. 연령과 더불어 꽃송이가 늘어나는 게 슬프다면 슬프지만, 그래도 기쁘다.

꽃의 고운 모습, 아름다움은 눈에 스며들고 마음에 스며든다. 나이가 들수록 그런 것을 더 느낀다.

꽃을 선물하는 데는 방법이라는 게 있다. 마음씀새, 타이밍이 묘하게 마음을 움직일 때가 있기 때문이다.

그러고 보니 몇 년 전 인상적인 장면을 텔레비전에서 보았다. 사형수가 무죄 판결을 받음으로써 삼십 년의 감옥생활을 마치고 나왔다. 삼십 년을 그 사형수가 무죄임을 믿고 홀로 투쟁해 온 사람은 다름 아닌 그의 약혼녀였다.

삼십 년 전의 그 약혼녀는 젊음과 아름다움과 시간을 모두 빼앗긴 60세의 노녀가 되어 있었다.

30년 전 약혼식 파티를 끝내고 집으로 돌아가다 우연히 그녀의 약혼자가 살인 현장을 지나치게 된 이유만으로 체포되었던 것이다. 무죄임을 밝히기 위해 재산도 젊음도 인생을 다 마친 그녀의 얼굴은 보통의 노녀보다도 더 심한 늙음이 있었다.

그러나 그 누구보다도 신념이 배어 있는 그녀의 얼굴은 참으로 아름다워 보였다.

그녀의 약혼자가 출감하던 날 그가 무죄였음이 알려지자 구치소 앞은 보도진들로 수라장이었다.

그녀의 약혼녀가 구치소 밖으로 나왔다. 30년 전 약혼식날 입었던 양복은 초라했다. 짧은 소매, 유행에 뒤떨어진 칼라, 빛바랜 색.

그를 위해 한 인생을 다 바쳐 이제는 노녀가 되어 버린 그녀는 검정 스카프를 쓴 채 벽에 가까스로 몸을 기대고 그를 기다리고 있었다. 깊고 굵은 주름투성이의 그녀의 얼굴에서 오직 사랑하는 사람의 진실을 믿고 홀로 투쟁해 온 세월의 깊이가 어떤 것인지 알 수 있었다.

무죄 판결을 받은 그녀의 약혼녀가 드디어 보도진들 앞에 모습을 나타냈다. 여기저기서 카메라의 플래시가 터지고 기자들의 인터뷰로 아우성이었다.

"무죄 판결을 어떻게 생각하십니까?"

"당시의 수사관들에 대해 한 말씀 해 주시죠?"

"앞으로의 계획은?"

"30년이란 세월을 잃어버린 지금의 심정은?"

기자들의 질문에 그는 대답하지 않았다.

너무 늙고 초췌한 그의 모습은 기자들의 질문에는 아랑곳없이 누군가를 찾고 있었다. 빨갛게 충혈된 눈이 누군가에게 멈췄다. 그를 믿고 기다려 준 그의 약혼녀인 그 노녀에게 그는 약간 흔들거리는 다리로 아우성치는 기자들 사이를 헤치고 그녀에게로 다가갔다.

그리고는 낡고 후질구레한 양복 안주머니에서 꺼낸 노란 장미 한 송이. 떨리는 손으로 노녀에게 건네주고 깊게 포옹하는 두 사람의 노인. 오래도록 두 사람은 포옹을 풀지 않았다.

"행여 그녀에게 이 꽃을 전하지 못할까 봐 걱정했다. 진실은 오직 하나임을 보여준 그녀에게…."

기자들의 어떤 질문에도 대답하지 않던 그가 한 한마디의 유일한 말이었다.

나는 지금도 그 노란 장미 한 송이를 건네던 사형수와 그 노녀의 모습이 문득문득 떠오를 때가 있다.

어제 내 생일에 내가 존경하는 선생님한테서 꽃을 받았다.

"50세의 생일을 축하해. 이 꽃처럼 멋있고 엘레강스(Elegance)하게 있어 주시길."

어리석고 바보 같은 언동으로 종시하는 나는 덜컥하는 마음이 생겼다.

꽃은 때로는 교훈을 대변한다.

건방진 여자

건방지다는 건 단순히 제멋대로라는 얘기가 아니다.
젊지만 자신감과 확실한 개성이 있기 때문에 자신을 주장한다.

건방지다는 것은 현대에 있어 실로 중요한 스파이스(Spice)다. 매력적이라는 소리를 듣는 여성들은 대개 이성으로부터 건방지다는 소리를 듣는다.

그러나 남자들은 단순히 겁먹거나 엄살 떠는 건 아니다.

파트너에게 재미랑 반응을 바라는 남성이라면 건방짐을 나름대로 환영한다.

다만 여기서 주의하지 않으면 안되는 것은 건방지다는 건 단순히 제멋대로라는 얘기가 아니다. 젊지만 자신감과 확실한 개성이 있기 때문에 비로소 사람은 자신을 주장한다. 그리고 그 사람은 다른 사람으로부터 맨 위에 선 존재가 되어 버린다.

그녀들은 결코 편하게 그 특권을 손에 넣은 게 아니다. 소녀 시절부터 남과 같은 행동을 하지 않았다.

이상한 여자라는 소리를 듣는다 해도 타인에게 좌우되지 않는다.

남자에게 애교를 부리지도 않는다. 이런 의지의 강함이 하나씩

쌓여서 비로소 건방지다는 미질(美質)을 만들어 내는 것이다.

건방짐이 약간 발전하면 기가 센 여자로 발전하는 일이 있지만 이것도 나쁘지는 않다.

내 친구 중에 여성 실업가가 있다. 그녀는 사원의 면접에 언제나 입회해서 반드시 체크하는 게 두 개가 있다.

우선 밝을 것, 그리고 기가 셀 것.

향상심이 있기 때문에 기가 세진다는 게 그녀의 지론이지만 나도 찬성이다.

남자의 표정을 일일이 엿보며 인생을 살고 남자가 좋아하는 머리 모양이랑 화장을 연구하고 남과 똑같은 방법으로 살아온 여자는 아무리 해도 웨하스다. 반짝거리는 존재는 될 수 없다.

강하게 되려는 희생을 지불해 온 여성만이 '나'를 갖고 있다. 실은 고독하기 때문에 혼자 반짝이는 것이다.

나는 언제나 불평 불만을 입에 달고 있는 여자가 싫다. 자기가 선택한 길을 언제나 타인의 책임으로 돌리고 있는 여자가 싫다.

그렇게 많은 이유를 불평 불만으로 갖고 살아가는 인생이라면 너무 불쌍하지 않은가.

울려라 벨이여

우연인지는 모르지만 비행기 속에서 휴대폰을 들고 얘기하는 사람들은
전부가 돈 얘기다. 그것도 몇천만 원, 몇억이라는 단위를 얘기한다.

얼마 전 비행기를 탔더니 옆좌석 뒷좌석 할 것 없이 휴대폰 벨
소리가 울려서 깜짝 놀랐다.

비행기의 계기(計器)에 영향을 주니까 휴대폰을 사용하지 않는
게 상식인데 전혀 상관없다는 표정들이다.

휴대폰의 전원을 꺼달라는 승무원의 안내 방송이 계속 흘러도
아랑곳없다.

놀라운 게 우연인지 모르지만 비행기 속에서 휴대폰을 들고 얘
기하는 사람들은 전부 돈 얘기다. 그것도 몇백만 원 단위가 아니
라, 몇천만 원, 몇억이라는 단위를 얘기한다.

걸어가면서 줄곧 휴대폰을 귀에 대고 걸어가는 젊은이들도 많다.
길을 걸으면서까지 해야 할 이야기가 무엇인지 궁금해질 때가 있
다.

중년은 중년대로 술 취하면 휴대폰으로 여기저기 전화를 해대는
사람이 있다.

며칠 전 바에서 술을 마시고 있는데 일행 다섯 사람 중 네 사람이 일제히 휴대폰에다 대고 얘기를 하기 시작했다. 난 멍하게 앉아서 본의 아니게 남의 얘기를 엿듣는 입장이 되었다. 특이한 것은 '나 신제주에서 마시고 있거든' 하는 식으로 별볼일 없는 보고를 하는 내용이었다.

그런가 하면 갑자기 '지금 김가영 씨 바꿀게' 하며 휴대폰을 내미는 게 아닌가. 누군지도 모르면서 얼떨결에 휴대폰을 받아쥔 나는 순간 바보처럼 '아, 네……' 하며 더듬거리고 말았다.

술집이나 음식점에서 거는 것도 좀 심하다는 생각이 들지만, 더 용서할 수 없는 건 역시 극장에서 울리는 게 아닌가 한다.

설마 하고 생각하는 일이 때때로 생긴다. 오페라라든가 클래식 음악회에서 울리는 휴대폰의 벨소리. 연극 무대에서도, 영화 상연 중에도 울린다.

나는 그럴 때마다 피가 멈추는 것 같은 기분이 든다. 만일 내가 휴대폰을 가지고 있어서 그것이 지금 울리거나 했다면.

나같이 멍청한 사람은 휴대폰을 갖고 있으면 아마 몇 번이고 그런 실수를 했을 게 분명하다. 지난날을 되돌아봐도 믿을 수 없는 재난이 여러 번 일어났으니까. 그런 내가 휴대폰을 가지고 무사하게 살아갈 수가 없지 않은가.

나는 자신의 경솔함을 충분히 알고 있기 때문에 절대 휴대폰을 소유하지 않으리라고 작정한 사람이다.

그러나 역시 휴대폰을 갖지 않는 게 불편함이 많다는 걸 느낀다. 드라마를 쓸 때 젊은 사람을 등장시킬 경우 그런 소도구를 어떻게 사용하는가 하는 게 전혀 감이 잡히질 않는다.

그래서 젊은 사람들에게 나는 이것저것 물어본다.

"집에서는 일반 전화를 사용하니? 아니면 휴대폰?"

"집에 있을 땐 역시 일반 전화를 쓰죠!"

"금방 사귄 사람에게는 어느 쪽 전화 번호를 알려주니?"

"요즘 젊은이들은 집 전화 번호는 잘 안 알려줘요. 휴대폰 정도라면 별것 아니니까요. 어쩌다 다른 사람하고 데이트할 때는 전원을 꺼버리면 되잖아요. 그건 상대방도 마찬가지일 거예요."

심드렁하게 대답을 하고 난 뒤 그런 걸 다 물어보느냐는 얼굴로 상대는 이쪽을 쳐다본다.

급한 일이 있어서 전화를 해야 할 경우 근처에 공중전화 박스도 없고, 설령 있다 해도 동전이나 전화카드가 없을 때는 부득이 가깝게 있는 사람에게 손을 벌릴 수밖에 없다.

마지못해 빌려주지만 '휴대폰 정도는 갖고 다니시라구요' 하는 말이 빌려주는 사람의 얼굴에 씌어 있다.

나도 예의라면 꽤 지키면서 살아가는 사람이라고 자부하는데 휴대폰을 갖고 있지 않은 내가 뻔뻔한 인간으로 보여지는 모양이다.

나도 휴대폰을 가져야겠다.

술을 함께 마셔요

여자는 한번 좋은 사람이라고 생각하면 좀체 남자로서
보지 않는다. 남자들은 사양 말고 생각을 직접적으로 말하는 게 좋다.

"지금 신제주 ○○○에서 마시고 있는데 나올래?"
하는 전화가 가끔 걸려 올 때가 있다.

남자들이 술마시다 전화를 해오는 경우여서 대개 밤 깊은 시각
이다.

그 시각에는 여자는 화장을 지우고 목욕을 하고 텔레비전을 보
거나 비디오 영화를 보거나 한다. 갑자기 훌쩍 나갈 수가 없다.
상대가 단순한 남자 친구든 어떻든 옷 갈아입고 간단한 화장 정도
는 해야 할 게 아닌가.

대개 여자는 '조금 더 일찍 전화를 해줬으면 좋았을 텐데'라고 거
절하는 경우가 많다.

세수한 얼굴에 다시 화장을 하는 일은 정말 싫다. 옷 갈아입고
양말 신고, 에잇 귀찮아 하는 생각이 들어서 대단히 매력적인 남
자라도 웬만해서는 나가질 않는다.

그럼에도 불구하고 나갈 때가 있다. 다시 화장을 하고 양말을 신

고, 그런 고행(?)을 견디며 나갈 때가 있다. 어떤 경우인가 하면 상대에 따라서지만 남자에게는 두 타입이 있다. 물론 전화로 이쪽을 불러낼 때의 타입이다.

우선 한 타입은 이렇다.

"지금 ○○○에서 마시고 있는데 나올래? 아이 그냥 나와. 화장 안하면 어때? 별 차이 없잖아? 금방 나올 수 있지? 한 삼십 분이면 올 수 있지? 빨리 오라구 기다릴 테니까."

또 다른 타입은 이렇다.

"지금 ○○○에서 마시고 있는데 너무 늦었지? 자고 있는데 깨웠나? 그럼 가까운 시일 내에 만나서 한잔 하자. 오늘은 너무 늦었으니까. 잘 지내. 미안해."

대개의 남자는 전자와 후자이다.

여자는 전자와 후자 중 어느 쪽에 약할까? 의외로 압도적으로 전자의 경우에 약하다.

이렇게 말하는 나도 전자의 내용으로 얘기를 해오면 나가는 경우가 많다. 물론 지나치게 명령조도 안 되지만 전자의 경우, 남자쪽이 필사로 기다리고 있는 느낌이 들어 왠지 거절할 수가 없다. 나가지 않으면 섭섭하게 생각하겠지 하고 마음이 아프다. 그런데 사실 외로운 남자는 후자인 경우이다.

여자란 어째서 후자의 외로움을 모르는가?

전자는 내가 아니면 바로 다른 여자에게 전화해서 같은 얘기를 할 것이다. 그러나 후자는 한 사람에게 말하고 안 되면 두번 다시 얘기하지 않는다.

후자의 말투는 에너지를 쓰기 때문이다. 후자의 남자가 가장 성실한 남자다.

여자는 아무튼 직접적인 남자에 약하다. 남녀 평등의 세상이 되고 기회균등법이 생겨도 지금 한층 많은 여성들의 얘기를 하지 않는가.

'좋아하는 남성의 타입은 나를 힘차게 당겨 주는 사람'이라고.

전자의 남자에게는 그런 냄새가 풍긴다. 그런 남자인데 외롭게 보이니까 여자는 약해진다.

또 여자가 흔히 하는 말에 '그 사람 내가 없으면 안 돼'라는 말이 있다.

후자의 남자는 괜찮은 남자라고는 생각이 안 되고 좋은 사람이라는 생각이 든다.

여자는 한번 좋은 사람이라고 생각하면 좀체 남자로서 보지 않는다.

남자들은 사양하지 말고 생각을 직접적으로 말하는 게 승리하는 비결이 아닐까?

나는 앞으로 후자의 남자에게 따뜻하게 대해야겠다는 생각이 든다. 사실은 성실한 사람이니까.

아주머니의 조건

다시 말해서 남자가 말을 걸고 싶지 않은 여자.
그것이 아주머니다.

새집으로 이사하면서 큰 거울을 들여놓았다. 여태껏 얼굴만 보이는 작은 거울을 쓰다가 전신이 보이는 거울을 달고 나서는 우울증이 생겼다.

얼굴만 볼 때는 기미며 죽은깨며 주름 등이 화장으로 그럭저럭 숨길 수 있는 부분만 보여서 좋았다.

그런데 전신이 비치는 거울 앞에서 처음으로 나의 자세를 보고는 놀랐다. 아니 절망했다. 꾸부정한 어깨며 턱은 앞으로 쭈욱 나와 있고, 허리랑 엉덩이 근처도 산뜻함이라곤 전혀 없다.

몸의 자세와 마음의 자세, 이 두 개가 느슨해지면 여자는 아주머니가 된다. 그것은 틀림없다. 거울 앞에 선 나는 우선 몸의 자세가 최악이었다. 마음의 자세는 둘째치고라도 몸의 자세가 우선 아주머니다.

어제 가을 옷을 하나 장만하려고 백화점엘 갔다. 새삼스럽게 백화점에서 일하는 여자들의 자세를 보고 놀랐다.

그녀들은 우선 자세가 좋다. 허리를 곧곧이 펴고 엉덩이에 힘을 주고 똑바로 서 있었다. 그래서 아름다운 모양이다.

맨발이나 맨발에 가까운 생활을 해야 다리에 긴장감이 생겨서 예뻐진다는 얘길 들은 적이 있다.

몸도 그렇다. 될수록 옷은 엷게 입고 노출시키는 부분은 많게. 그래야 역시 긴장감이 생겨서 군살이 붙지 않는다는 얘기다.

그런데 나는 나쁜 것은 다 골라서 하는 셈이다.

추위를 잘 견디지 못하는 체질이어서 봄, 가을, 겨울 춥다고 껴입고 또 껴입는다. 심지어는 여름에도 거의 가을 옷을 입고 지내는 경우가 대부분이다.

게다가 제주도는 바람이 일년 열두 달 불어대니 머리를 주체할 수가 없다. 급한 일이 있으면 금세 터번이나 스카프를 쓴다.

껴입고 뒤집어쓰고, 맨발·맨몸과는 거리가 멀다. 긴장감은커녕 보온감 때문에 그야말로 느슨한 아주머니가 되는 게 그리 어려운 일이 아니다. 노력 없이 아주머니가 되어 버린 모습을 보며 한숨이나 쉬고 있는 나 자신은 진짜 아주머니인가 보다.

가을 옷 하나 장만하러 백화점 갔다가 거의 절망적인 우울을 맛본 나는 당분간 헤어날 조짐이 보이지 않는다. 가라앉은 기분을 어떻게 해보려고 가까스로 미용실에 들렀다.

머리를 자르는 동안 잡지를 들척이다 보니 또 야단이다.

아주머니의 조건이란 제목으로 다음과 같이 적혀 있었다.

첫째, 허리 근처가 절구 같다. (무리해서 전신 코르셋을 하는 것은 더 꼴불견)

둘째, 턱선이 없다.

셋째, 어쩐지 무거워 보인다.

넷째, 화려한 옷차림. 두터운 화장.

다섯째, 큰소리로 얘기하고 크게 웃는다.

여섯째, 일상적인 얘기밖에 못한다.

일곱째, 영화를 안 본다.

다시 말해서 남자가 말을 걸고 싶지 않은 여자. 그것이 아주머니다.

'그래 맞어!'

하고 인정을 하면서 우리네 아주머니들은 큰소리로 웃는다.

그것이 아주머니의 현주소니까.

프랑소와즈 사강처럼

절약하고 저축하고 계획적으로 돈을 쓰는 일은 틀림없이 중요한
일이다. 그러나 낭비가 때때로 인간을 해방시키는 일도 있다.

자랑은 아니지만 한마디로 나는 금전 감각이 제로다. 자신의 은
행 예금이 얼마 남아 있는지 거의 심각하게 생각해 본 적이 없다.
잔액이 적어지면 물론 걱정은 하지만 금세 잊어버린다.

내가 고작 생각하는 건 매해 한 해 동안의 생활이다. 노후라는
말은 나에게는 거의 내세(來世)다.

남의 권유로 연금이다 보험이다 남들처럼 가입은 했지만 내용에
관해서는 무지(無知)에 가깝다. 대개 보험이 어떤 역할을 하는지조
차도 이해하지 못한다.

'당신에게 돈이란 무엇입니까?'라는 물음에 프랑소와즈 사강은
인터뷰하는 자리에서 '비오는 날에 버스가 올 때까지 줄을 서서 기
다리지 않아도 되는 것'이라고 했다.

'그렇구나. 그래' 하고 나도 깊게 동감했던 기억이 있다.

비가 오는 추운 날 양손에 짐을 들고, 게다가 우산까지 들고 버
스정류장에 서서 좀처럼 오지 않는 버스를 기다리는 것처럼 슬픈

일은 없다. 스타킹은 젖고 손끝 발끝은 시리고, 양손에 든 짐이 무거워서 택시를 잡고 싶지만 돈은 없고, 있다 해도 아까워서 쓸 수가 없고 배도 고프고, 춥고, 감기 들 것 같은 서러움.

어째서 나는 언제나 이렇게 돈이 없는 것일까? 그런 경험을 몇 번이고 나도 젊었을 때 한 적이 있다.

돈이 있었으면 마음대로 써봤으면 하고 여자가 절실히 느낄 때가 있다고 한다면 대개 그럴 때가 아닌가 하고 나는 생각한다.

사치하고 싶기 때문이 아니다. 여자는 불쾌한 상태에 약하다. 불쾌함을 느끼면 '이 세상은 역시 돈이야'라는 생각을 갖게 된다.

걷는 데 지치면 바로 택시를 타고 싶고 그런 돈이 없으면 초라하게 느껴진다. 싸구려 코트를 입고 추위를 느끼면 무엇이 어떻게 되든 더 따뜻한 코트를 갖고 싶어진다.

이것도 저것도 시간이 지나면 별것 아니라는 생각이 들지만, 그래도 그 순간은 불쾌함이 정점에 달해서 춥고 덥고 피곤함 때문에 세계를 적처럼 생각하고 분노와 절망을 느끼게 된다.

그래서 여자의 금전 감각은 생활 속의 사사로움 속에서 표현되어지는 모양이다.

나는 물처럼 돈을 쓸 수 있는 신분이 아니기 때문에 낭비가라는 말은 적합하지가 않다.

그러나 절약이라는 게 서툴다는 사실은 부인할 수 없다. 필요도 없는 물건을 사는 버릇, 이것은 고쳐지질 않는다.

일반적으로 여자가 남자보다도 현실적으로 견실함은 틀림없다. 그 점은 만국 공통인 모양이다.

프랑스에 있는 어느 도박장에는 여자를 들어오지 못하게 하는 곳이 있을 정도다.

"어머! 땄어. 나 샹제리제 거리의 부틱에 걸려 있는 원피스를 사고 싶은데…."

이런 여자의 말은 도박 장소의 입장에서 보면 백해무익인 셈이다.

'여자는 남자의 도박열을 깨우치게 하는 적이다'라고 여인 금제의 도박장의 주인은 오랜 경험으로부터 알고 있는 것 같다.

절약하고 저축하고 계획적으로 돈을 쓰는 일은 틀림없이 중요한 일이다.

그러나 낭비가 때때로 인간을 해방시키는 일도 있다.

매년 부쉈다 다시 만들었다 하는 축제가 있다. 그런 가게들을 모아서 축제를 하는 것이다. 쓸데없는 일이라면 쓸데없는 일이지만 그것이 축제라는 것이다.

돈을 쓸데없이 쓰는 일은 이 축제 기분을 맛보는 하나의 방법이다.

꼭 부자가 아니라고 낭비를 못하는 건 아니다. 그 사람의 수입에 의해 쓸데없이 쓰는 질과 양이 달라진다는 것뿐이다.

내가 혹시 실수로 부자가 된다면 돈 때문에 곤란을 겪고 있는 권투선수라든가 팔리지 않는 유망한 작가의 스폰서가 되고 싶다.

그때 불필요한 말은 하지 않고 돈만을 대주고 싶다. 나에게는 어떤 실리가 없다 하더라도 그것으로 좋다.

그런 얘기를 하자 내 여동생이,

"부디 그러길 바래요. 그런데 언니 책은 베스트셀러는 안 될 테니까. 저축할 수 있을 때 하지 않으면 스폰서는커녕 궁상떨 일이 생길지 모르겠네요. 부디 내게는 폐를 안 끼치도록 해주십시오."

하고 암팡지게 일침을 놓는다.

내 여동생은 예를 들어 사고 싶었던 재킷을 몇십만 원 주고 산 날이면, 택시가 아니라 버스를 탄다. 캐시미어 코트를 산 겨울은 그때까지 쓰고 있었던 고급 화장지를 싼 것으로 바꾼다.

무엇인가 생활에 플러스가 되게 하려면 다른 무엇인가가 마이너스가 되지 않으면 안되는 모양이다.

내 여동생은 그런 여자다.

전설 속의 남자

여자는 스스로가 애교가 있어야 한다고 말하는 사람이 있다.
그런데 그것이 이중성을 지닌 애교이어서는 금세 흥미를 잃고 만다.

남자에게는 정복욕이라는 게 있다고 한다. 남성적인 남성일수록 정복욕은 더 강하다고 한다.

오래 전에 들은 애기다.

어떤 남자가 있었다.

그 남자는 백 명의 여자를 정복하리라고 목표를 세웠다. 목표를 향해 한 명씩 성과를 올려 가고 있었다.

그 남자의 정복욕이란 보통의 것이 아니었다.

그런데 어느 날, 그 남자의 정복욕에 상처를 입히는 한 여자가 나타났다.

그 남자는 좌절했다. 그 남자를 사랑하지 않는 여자가 나타났기 때문이다. 그의 정복욕을 가로막는 상대였다.

그 여자는 말이 없기 때문에 무슨 생각을 하는지 몰랐다. 또 무표정했다. 무엇을 해줘도 기뻐하는 얼굴을 보인 적이 없었다.

그 남자는 그 여자가 기뻐하는 얼굴을 보고 싶은 일념으로 그 여자에게 전력투구했다.

그 여자의 마음이 어느 쪽에 있는지, 그것을 확인하고 싶어서 더 그 여자에게 집착했다.

만일 그 남자가 남자로서 자기 자신에게 자신없는 플레이보이였다면 애교 없고 표정 없는 여자 때문에 그렇게 깊게 빠져들진 않았을지 모른다. 이상할 만큼의 집착은 남자의 정복욕에서 나온 것이었다.

나는 그렇게 생각한다.

그 남자는 자기가 갖고 싶은 여자는 갖고 바로 버렸다. 그리고는 잊어버렸다. 버려진 여자들은 너무도 쉽게 그의 정복욕을 만족시켜 줬는지 모른다.

그러나 요즘엔 정복욕이 강한 그런 남자를 별로 본 일이 없다.

말없고 무표정하고 애교 없는 여자, 자기를 사랑하고 있는지 없는지 확실한 태도를 보이지 않는 여자에게 끈질기게 집착하는 남자들도 없다.

보통 '에잇, 귀찮아. 힘드네. 자기만 여자냐. 여자는 얼마든지 있어' 하는 식이다.

여자는 애교가 있어야 한다고 흔히 말한다. 남자는 그것이 매력이라고 느낀다고 생각해서 애교를 부린다면 앞에 말한 남자와 같은 경우에는 금방 흥미를 잃고 만다.

그러고 보니 최근에는 애교는 여자의 매력이라는 소리를 별로 들어 본 적이 없다.

점점 집착이라든가 정복이라든가 플레이 보이라든가 하는 단어

들도 우리들의 기억 속에서 잊혀져 버릴 것 같은 생각이 든다. 그
러한 기질을 갖고 있던 남자들이 전설 속의 이미지로 남아 가는
것처럼.

비가 그리운 계절

가을비는 겨우 한밤으로 진눈깨비를 섞기도 하고
봄비는 꽃을 피우게 한다.

무엇인가 마음의 변화가 생겼을 때 여자는 머리를 자르거나 모양을 바꾼다고 한다.

비도 그런 것 같다. 대자연의 무대를 다시 칠하기 위한 중요한 소도구인지도 모르겠다.

가을비는 겨우 한밤으로 진눈깨비를 섞기도 하고, 봄비는 꽃을 피우게 한다.

계절이 바뀔 때마다 적당히 잘 융합되지만 제주의 장마비는 풍정과 융합되기를 거절하는데 그 풍정(風情)이 있는 것처럼 뭐라고 말할 수 없이 세차게 내린다.

하지만 처음 그런 비에 접한 것은 소설이었다. 서머셋 모옴의 《비》라는 소설이었다.

인간의 양심, 종교심, 밸런스 감각, 그런 것을 전부 때려 부수고 바다에 흘러 흩어지는 표류의 포말처럼 무력하게 만들어 버리는 비가 거기에는 그려 있었다.

한번쯤 그렇게 강렬한 비의 폭력에 닿아 보고 싶다고 생각했었다. 수 년 전 다히치의 모레아섬으로 간 일이 있었다.

높고 굴곡이 심한 산의 일각이 검은 구름으로 덮였는가 팔이랑 발등이 아플 만큼 굵은 비가 내렸다. 아니 뿌리기 시작했다.

계속해서 맞다 보니 피부의 감각을 잃어버릴 정도였다.

나는 글을 쓰는 입장에 있는 사람이니까 빗소리를 의음으로 기록했다.

다히치의 비는 '바다바다 바치바치'라고 하며 뿌려졌다.

그것은 두터운 거대한 식물의 잎을 때리는 소리이기도 했다.

태풍이 올 때마다 나는 그 남태평양의 빗소리가 듣고 싶어진다. 정열과 시심(詩心)을 다 써버리고, 자포자기하고 난폭함만이 무포화하고 있다.

맞는 일에 쾌락이 있는 것 같은 뜨거운 비는 서울에서는 좀처럼 볼 수 없는 게 유감이다.

제주에서도 마찬가지다. 전에는 장대 같은 비가 장마철이면 언제나 서머셋 모옴의 '비'를 연상하게 했다.

그러면서 여고 시절을 거쳐 청춘 시절에 나의 시심을 키우기도 했다.

그러나 이제 장마비는 옛말인가 보다.

마른 장마가 몇 해고 계속되고, 나의 마음도 캉캉 말라 참으로 멋없고 윤기 없는 그냥 아주머니가 되어가고 있는 게 안타깝다.

위험한 관계

'돈판'은 실존의 인물이 아니다. 원래 스페인 연극의 주인공으로 나중에 이태리의 희곡에도 등장하고 프랑스에 건너가 모리엘에 의해 다시 쓰여졌다.

또 영국의 바이런에게도 묘사된 창작상의 인물이다.

이 가공의 인물을 현실로 살아간 인간들이 있다. 18세기 말 프랑스에서 리베르땅이라고 불리운 유혹자(誘惑者)의 한 무리다.

그들은 최고로 저항이 강한 상대밖에 상대하지 않았다. 공격하기 쉬운 마을이나 시골을 정복한들 무슨 소용이 있겠는가.

카사노바(우리 말로는 바람둥이지만 역시 엽색가란 표현이 낫다)가 엽색가(변태적으로 분별없이 여색을 탐하는 사람)인 데 비해 돈판은 유혹자라고 보통 얘기한다.

그는 카사노바처럼 무너뜨리기 쉬운 상대를 내 것으로 하지 않는다.

돈판이 목표로 한 여성은 그런 여자들이 아니었다. 그가 유혹하려고 계획을 세운 상대는 아주 저항력이 강하고 기가 센 귀품 있는 궁정 살롱의 귀부인들뿐이었다.

알다시피 유럽의 18세기 살롱의 귀부인들은 연애심리랑 기술에 통달해서 쉽게 남자에게 복종하지 않았다.

그녀들은 남자들의 온갖 유혹을 기묘하게 빠져 나가고 때로는 조소했다. 돈판은 그런 여성만을 목표로 삼았다는 얘기다.

라크로의 〈위험한 관계〉라는 작품이 있다. 이백 년 전에 쓰여진 작품이다. 18세기 프랑스 혁명 전야의 파리 귀족사회를 그린 내용이다.

프랑스 혁명 200주년 기념으로 얼마 전 영화로도 만들어 소개된 바 있다.

그 작품이 언뜻 보기에는 호색문학처럼 보이지만 잘 읽어 보면 인간 단련서임을 알 수 있다.

유혹자들은 원래 저항이 강한 여성을 함락시키기 위해 여성의 심리를 구석구석까지 통달하기 때문이다. 어떤 경우에도 자신의 감정을 억제하고 상대의 미묘한 마음의 움직임도 관찰하는 사람들이다.

흔히 얘기하는 바람둥이라든가 플레이보이하고는 차원이 다르다.

자신이 감정에 빠지지 않고 여성의 마음을 꿰뚫어보는 게 유혹자들이다.

관찰, 억제, 통달이라는 세 가지 능력을 갖고 있어야 한다.

그들은 자신의 행위로 인한 사회적 괴로운 벌이 기다리고 있음도 알고 있었다. 기독교 도덕의 부정임을 알고 있었다. 그 도덕으로부터 받는 재판도 각오하고 있었다.

그런데 이른바 한국의 '제비족'은 무엇인가? 멋도 없고 철학도 없고 룰도 없다. 심지어는 문학적 자료도 되지 않는다. 슬프게도.

한국의 제비족은 여자에게 돈이나 요구하고 뜻대로 안 되면 공갈 협박을 하니 삼류 미스테리 소설에나 등장이 가능할지 모르겠다.

문학적 요소를 갖추려면 호색가든 바람둥이든 제비족이든 그 무엇인가 있어야 되는 모양이다.

사랑은 본능을 더 불태운다.

그것은 너무도 아름다운 독약이다.

이 명확한 사실을 〈위험한 관계〉만큼 전개시켜 보여준 작품이 또 있을까.

사랑에 의해서, 본능에 의해서, 복수에 의해서.

그러나 종국에는 사랑의 진실에 의해서 복수당한다는 역설을.

바람둥이든 복수든 그 무엇인가가 있어야만 설득력이 있다.

여자의 얼굴

여자의 얼굴의 아름다움이란 만난 뒤에 가슴에 남는
얼굴이라야 된다. 봐도 봐도 싫증이 나지 않는.

여자로 태어나서 얼굴 따위는 아무래도 상관없다고 하는 사람은 없을 것이다.

어린 아이서부터 할머니까지 여자인 한 아름답게 보이고 싶다는 마음은 끊임없이 갖고 있다.

나만 해도 여고 시절부터 두툼한 입술이 마음에 걸려 여간 고민을 하지 않았다. 시대가 바뀌어 요즘에는 두툼한 입술이 인기가 있다고 해서 비로소 기를 펴(?)고 있지만.

최근에는 특히 젊은 여성들 중에 미인이 많다. 화장 기술이랑 성형 수술 발달의 역할도 크다.

그런데 어떻게 된 일인지 개성적인 얼굴이 없어졌다. 모두 비슷비슷하다. 이렇게 같은 얼굴이 많아지니까 특별히 한 사람을 선택해서 미인이라는 명칭을 붙이기도 어렵다.

또 나처럼 갑자기 기억력이 나빠진 사람은 길에서 인사를 해도 누구였는지를 생각하려면 한참 시간이 걸린다.

이것은 여자의 얼굴뿐만이 아니라 젊은 남자에게도 그걸 느낀다.

나는 여자의 얼굴의 아름다움이라는 건 만난 뒤에 가슴에 남는 얼굴이라야 된다고 생각한다. 또 봐도 봐도 싫증나지 않는 얼굴이 아름다운 얼굴이라는 생각이 든다.

3년 전 파리에 갔을 때 한 레스토랑에서 쥴리 켄트를 봤다. 그 아름다움에 현기증이 날 정도였다. 쥴리는 검소하게 블루진에 하얀 셔츠를 입고 화장기 없는 얼굴이었다. 옆얼굴에서 나타나는 기품과 기백에 나는 완전히 매료당하고 말았다. 옆에 가서 내가 받은 감동을 알리고 싶다는 충동이 생겼던 걸 지금도 생생하게 기억하고 있다.

아름다운 얼굴이 반드시 갖추어진 얼굴은 아니다. 갖추어져도 야비한 얼굴도 얼마든지 있다. 미인인데도 욕심이 많은 얼굴도 있다.

압력밥솥에 한 밥을 '맛있다. 맛있지?' 하고 권유받는 것도 경우에 따라선 곤란한 일이다.

그와 마찬가지로 '저 여자 미인이지? 미인이잖아' 하고 추장받고는 대답이 곤란할 때가 있다.

여자의 얼굴이 즉석라면처럼 금세 마음만 먹으면 미인이 되면서부터 진짜 미인이 적어졌다.

여러 해 수련을 쌓지 않으면 안되는 것은, 여자의 얼굴도 요리도 같다.

상상 속에서

'만일 이 사람과 결혼하지 않았다면', '만일 이 사람과 헤어진다면' 하고
생각해 보는 게 오랜 세월 부부생활을 해온 여자의 남모르는 즐거움이다.

'내 인생은 도대체 뭐지? 이 사람하고 결혼해서 정말 잘된 일이
었나? 이 사람과 헤어지면 어떻게 될까?'
하고 문득 생각해 볼 때가 있다.

달리 좋아하는 남자가 생긴 것도 아니고 나름대로 만족스런 생
활을 하고 있는데도 불구하고 아내들의 마음에는 문득 이별이라는
두 글자가 떠오를 때가 있다.

두근거림을 잃어버린 가정생활, 불만과 불안, 그 속에 묻혀 있는
자신의 모습에 눈떴을 때 아내들은 '만일 이 사람과 헤어졌다면'
이라는 상상을 해보는 게 아닐까?

그러나 이상한 것은 자신의 모습을, 옆에서 코털을 뽑거나, 입을
크게 벌려 하마 같은 모습으로 하품을 하거나, 방귀를 뀌고 있는
남편과 오버랩시켜서 생각한다는 점이다.

'우리들 젊었을 때는 여자가 경제적으로 자립하지 못했기 때문에
결국 결혼한 남편에 따라 여자의 인생이 정해진다는 생각이었다'

라고 50대, 60대 여성이라면 얘기할지도 모른다.

일리 있는 얘기다. 경제력을 가짐으로써 사람은 어느 정도 해방
되니까.

그러나 그렇게 간단하지는 않다. 내가 알고 있는 50대의 어떤 여
성은 결혼 후에도 계속 교편을 잡고 있었다.

그런데 그녀 역시도 30대 후반에 이 사람과 결혼하지 않았다면
이라는 형태로 자신의 인생을 돌아봤다고 한다.

보람 있는 직업을 갖고, 나름대로의 수입을 갖고 있어도 이 같은
생각을 하는 사람을 보면 단순히 경제력의 문제만은 아니다.

그러면 무엇이 문제인가? 이 얘기를 하자면 길어지지만 간단히
생각해 보면 우리들은 어렸을 적부터 그 시대랑 사회가 갖는 상식
의 범위에서 남자로서 여자로서의 교육을 받는다.

다시 말해서 여자는 남자의 일생을 보살피게 되어 버렸다. 여기
에 대해서 여자는 불만을 갖는다. 남자가 가사 분담을 한다 해서
되는 그런 단순한 문제가 아니다.

20세기 교육을 받은 남자의 존재 그 자체가 20세기에 태어난 여
자에게 어딘가 귀찮은 존재라고 생각되는 것이다.

그 결과 여자가 자신의 인생을 생각할 때 '이 사람을 선택하지
않았다면, 이 사람과 함께하지 않았다면'이라는 발상이 생기게 된
다.

그러면 남편 쪽은 어떤가. 아마 대부분의 남편은 대부분 망연하
게 별리원망(別離願望)을 품는 일이 적지는 않다. 젊은 커플에 대
해서는 뭐라고 말할 수 없지만, 10년 이상 부부관계를 지속해 온

커플의 경우 남편에게는 그런 생각을 품어 볼 여유가 없다. 일과 인간관계로 머릿속이 꽉 차 있기 때문이다.

남자가 문득 사라져 버리고 싶을 때가 있다고 하면 자기가 안고 있는 모든 문제로부터 도망치고 싶을 때가 아닐까 한다.

그 중에는 물론 부부관계도 들어 있지만, '저 여자와 함께할 수 없었다면'이라는 발상은 거의 머릿속에 없다.

남자가 증발한다고 한다면 다른 사람이 되고 싶다는 바람이 그렇게 되는 것이다. 자기 자신을 없애고 싶다는.

'이 사람과 함께할 수 없었다'라고 생각하고 자신의 본래의 모습을 찾으려고 하는 여자와는 전혀 반대의 심리가 남자에게는 있다. 이런 차이가 정말 재미있지 않은가.

'만일 이 사람과 결혼하지 않았다면', '만일 이 사람과 헤어진다면' 하고 생각해 보는 게 오랜 세월 부부생활을 해온 여자의 남모르는 즐거움이다.

현실에 커다란 불만이 있는 것도 아니고 남편과의 사이가 나쁜 것도 아니다. 가정 원만. 별 문제 없을 때에도 여자는 역시 그런 일을 상상해 보고 있는 자신에게 놀랄 때가 있다.

여자에게는 지금의 자기를 보다 쾌적한 장소로 바꾸어 보고 싶다는 탐욕이 생길 때가 있다. 쾌적한 장소라는 건 사치스런 부자의 생활이라는 의미가 아니다.

문득 밥 달라 뭐 해라 하는 남편이라는 존재로부터 도망치고 싶다는 욕구이다. 식사하다 방귀 뀌는 남편에게서 해방되어 혼자 독신시대로 돌아가고 싶고, 거리를 걸으며 핸섬한 신사가 말이라도 걸어 주길 바라고, 그렇게 생각하는 것도 쾌적함을 바라는 마음이라는 얘기다.

유감스럽게도 그런 바람은 현실 생활이 안정되고 부부간의 신뢰 관계가 생겼을 때야말로 생기기 쉽다.

'좋아해', '사랑해' 그래도 '조금 더 생각해 봐야 할 것 같아' 하는 식으로 보다 고도의 쾌적함을 바라는 여자의 탐욕은 아마 많은 남성이 이해하기 어려운 부분일지도 모른다.

신변에 심각한 이변이 생겼을 때 증발해 버리고 싶다고 생각하는 게 남자라는 의견을 갖고 있는 사람도 있다.

여자는 그럴 때 좀처럼 그런 생각을 안한다. 탐욕을 활용해서 다른 쾌적함, 다른 편안한 장소를 찾으려고 하는 게 일반적이다.

그렇게 보면 여자란 동물은 정말 강하다는 생각이 든다.

식사를 함께 하실까요

포식 후 인간은 슬프다. 야채도 고기도 생선도 먹었는데
대단히 편식한 것 같은 기분이 드는 건 왤까?

일주일 계속해서 외식을 했다. 유채꽃이 필 때면 필 때대로, 여름 휴가철이면 휴가철대로, 계절마다 찾아오는 손님 뒤치다꺼리가 장난이 아니다. 오늘은 바닷가 횟집에서, 내일은 산장에서 토종닭, 모래는 제주가 자랑하는 흙돼지 바베큐. 또 다음날은 민속 음식점에서 갈치국으로 연일 맛있는 음식만 먹고 다녔다. 그것도 하루에 세 끼씩 꼬박 일주일이다.

그리고 무엇보다도 그 음식은 그때그때 식탁을 함께한 친구들과의 즐거운 대화로 풍성했다. 맛이 있고 좋은 친구가 있고 그런데도 왠지 미식(美食三昧) 끝엔 가슴이 울렁거린다.

포식 후 인간은 슬프다. 야채도 고기도 생선도 먹었는데 대단히 편식한 것 같은 기분이 드는 것은 왠지 모르겠다. 무엇인가가 빠져 있다. 결정적인 무엇인가가. 비타민 같은 것. 사랑이다.

나는 아침 식사는 간단히 커피와 토스트를 먹는다. 점심은 특별한 약속이 없으면 전날 도시락을 싸둔다. 저녁은 조촐하지만 생선

이나 고기 그리고 밥을 먹는다. 한두 잔 곁들이는 와인과.

그래도 피부가 퍼석거리거나 변비가 생기거나 하는 일도 없고, 뱃속도 마음도 편안했다.

그런데 며칠 사이 변비 증세에 피부가 가렵고 퍼석거린다. 마음도 우왕좌왕이다.

주위에서는 갱년기 증상이라는 조언을 한다.

사실 그런 점이 전혀 없다고는 볼 수 없지만 완전히 그런 것만도 아님을 나는 안다.

이사 온 뒤 줄곧 외식을 하다 대충 짐정리도 끝이 나서 오랜만에 식탁을 차렸다. 오랜만이라 해도 별 특별한 음식을 차린 것도 아니다. 돼지고기와 아주 매운 고추를 썰어서 볶은 것. 토마토는 듬성듬성 썰어서 야채 대신으로. 밥하고 장아찌 그뿐이었다.

그런 간단한 식단인데 맛이 있다.

나의 집의 맛이라는 건 그릇 속에 있는 게 아니라 편한 의자, 식탁, 분위기에 있다는 걸 알았다.

그런데 이런 식탁에 마주 앉을 상대가 있어야 할 것 같다는 생각을 요즘 아주 조심스럽게 해본다.

공기와 같은 아내

가정이란 남편이 말하고 싶지 않을 때 그대로 있을 수
있도록 내버려 두는 휴식의 장소이기도 하다.

부부 사이에 대화가 없다는 얘길 가끔 듣는다.

대화의 상대를 남편이 해주지 않는다고 불평하는 아내들도 있다. 남편과의 대화가 없어서 불만이고 불행한 얼굴을 하는 여자들도 있다.

그런가 하면 대화는커녕 서로 얼굴도 안 쳐다보고 지내는 부부들도 많다.

내 친구 중의 하나는 자기가 어쩌다 남편을 쳐다보면 남편이 재수없다고 한다는 것이다. 그런 부부도 있다. 가끔 텔레비전 같은 데서 보면 부부 사이에 좀더 많은 대화를 나누라고 고명하신 각계 각층의 인사들이 나와서 강연도 한다. 그리고 강연의 결론은 대개 '대화로써 풀어 나가라'고 한다.

좋은 얘기다.

그러나 아무리 대화로써 풀어 나가라고 해도 안 되는 건 안 된다. 무엇을 풀어 나가라고 하는지는 모르겠지만.

대개 남편과 아내의 대화라는 게 그렇다. 아내의 일방적인 잔소리 또는 공격이다. 물가가 오르는 것에 비해 월급이 작다는 것, 옆집 누구네 해외여행을 갔다는 것, 작년에는 동남아 가더니 올해는 유럽으로 갔다는 것, 가구 새로 바꿔야겠다는 것….

남편들은 전혀 상관없는 옆집 얘기다. 시시콜콜한 얘기를 남편들은 실은 듣고 싶어하지 않는다. 재미가 없다. 참고 들었다고 해도 별달리 그것에 대해 말할 의견도 없다.

그것을 아내들은 무관심하다, 대화가 없다고 한다.

아내는 남편에게 대화의 상대를 안해 준다고 불만이지만 남편도 마찬가지다. 이쪽도 불만이 있다. 무슨 말을 하려고 하면 토라지고 넘겨짚고 건너뛴다. 그러니 대화라는 것에 대해 먼저 포기한 쪽은 남편들인지 모른다.

상대방의 재미없는 얘기, 관심없는 얘기도 열심히 들어줄 수 있는 것은 상대가 타인이기 때문이다. 예의로써 듣고 있는 것이다.

타인에 대한 예의와 같은 걸 가족에게도 해야 한다면 가정이라는 것의 의미가 없다고 생각한다. 물론 그와 같은 예의를 갖출 수 있다면 그 이상 바람직한 일은 없겠지만.

그러나 말 안하고 싶을 때 그대로 있을 수 있는 곳, 그것이 휴식의 장소이다. 가정이 그 장소인 것은 말할 것도 없다.

남편들의 입장에 서려는 게 아니다.

아내의 비유를 맞추려고 회사 얘기, 일 얘기, 옆집 얘기에 맞장구를 쳐야 한다면 남편이라는 남자들이 불쌍하다는 생각이 든다. 남편이 대화의 상대를 해주지 않는다고 불만스러워하는 아내들은 편히 생각하면 된다. 가정이라는 공간이 편안해서 그런 것이라고.

어쩌다 저녁 아홉 시 뉴스라도 나란히 앉아서 볼 수 있으면 되는 게 아닌가? 그런 부부라면 노래 제목처럼 99점9의 부부이다.

남자들이 만들어 낸 말이 있다.

'익숙해진 낡은 가구 같은 아내', '공기와 같은 아내'.

언젠가 텔레비전 선전에 나온 산소와 같은 여자. 그것은 별개다. '공기와 같은 아내'라는 말이 얼마나 좋은가.

생각해 보면 그 말도 남자의 에고이즘에서 나온 게 분명하다.

그러나 대화는 없어도 공기는 있어야 한다.

공기가 있는 한 최후의 경우라도 살아 남을 수 있다는 확신이 있으니까. 신뢰감이다.

대화라는 것 없어도 좋다. 이미 남편들은 '공기와 같은 아내'의 존재가 절대적임을 알고 있으니까.

대화로 풀고 말고 할 것이 없다.

괴로움

이미 끝나 버린 것에 대해 집착을 않는 게 나의 성격인 모양이다.
그 맹점을 고치기 위해 아무리 괴로워도 설명서를 제대로 읽어 봐야겠다.

이 세상에 나처럼 설명서를 읽기 싫어하는 사람이 있을까 할 정도로 싫어한다.

전자제품은 물론 휴대폰까지도 요즈음은 사용법에 대한 설명서에 그림까지 곁들여 있어서, 조금만 신경써서 읽으면 금세 알 수 있다. 그런데도 나는 사용법을 모른다. 읽어 보질 않기 때문이다.

부끄러운 얘기지만 텔레비전 프로그램의 녹화 예약도 못한다.

남들이 다 갖고 있는 휴대폰을 나는 오랫동안 갖고 있지 않았다. 좋아하지 않아서였다. 그러나 좋아하지 않는다는 이유만으로는 안 통하게 되어서 구입을 했다. 구입은 했지만 그냥 걸고 받는 것 외엔 아무 것도 못한다. 문자 메시지를 보낸다거나 음성 메시지를 남긴다거나, 모닝 콜 서비스, 녹음, 세계의 시각 등등의 것은 일체 조작을 못한다.

그런 나를 보고 내 여동생이 한심하다는 듯이 '어떻게 된 사람이 휴대폰이 갖고 있는 기능을 5분의 1도 사용 못하고 있느냐'는 지적을 했다.

지적이든 충고든 나는 여전히 걸고 받고만을 하고 있을 뿐이다.

전기제품 설명서도 싫어하지만 그보다도 더 싫어하는 것은 돈에 관한 서류다. 나는 돈을 쓰는 건 좋아하지만 얼마를 썼는지 남았는지 하는 숫자의 나열이 싫다. 보는 것만으로도 괴롭다.

한 달에 한 번 하는 카드 결제랑 사소한 금액의 생활비 정도를 계산하는 일도 두통이 생길 지경이다. 싫어하는 일을 억지로 하면 습관처럼 나타나는 증세다.

"그러니까 언니는 앉은 자리에서 일억씩 사기를 당하잖아."
하고 심술궂은 내 여동생이 나의 아픈 상처를 다시 꼬집는다.

아무튼 나는 설명서라든가 보고서 같은 유의 것을 안 보고 지낼 수 있는 인생이면 얼마나 좋을까 하고 생각하는 사람이다.

그런데 직업이 직업인지라 나의 생활 속에서 피할 수 없는 괴로움, 교정이라는 게 있다. 활자가 인쇄되어 아직 제본되지 않은 단계에서 빨간 펜으로 고쳐 나가는 일. 시간을 맞춰서 해야 할 때는 이삼일 집에 틀어박혀야 할 만큼의 집중력을 필요로 하는 작업이다. 동인지 같은 데 내는 한두 편의 작품은 달리 두고라도, 단행본의 교정은 괴롭다. 단행본의 경우 백 편 가까운 작품을 보는 건 장난이 아니다.

작가에 따라서는 원문을 남기지 않을 정도로 수정에 수정을 가하는 사람도 있다. 한계점까지 자신이 쓴 것을 고치고 조금이라도 좋게 하려는 노력은, 작가가 가져야 할 자세임에는 틀림없다.

인정은 하지만 역시 나는 내가 쓴 것에 손을 대는 게 싫다. 이렇게 쓸걸, 저렇게 쓸걸 하는 건 많지만, 이미 써버린 것인데 어쩔 수 없다는 마음이 더 웃돈다. 그런 점 때문에 나는 종종 자기 혐오에 빠지기도 하지만.

작가에게는 작가의 타입이 있다. 쓰고 난 뒤 자기가 쓴 것에 일체 흥미를 갖지 않는 사람이 있는데, 내가 그렇다.

여고 시절 나는 시험 답안지를 반복해서 살펴본 일이 없다. 다 쓴 뒤에 시간이 남으면 멍하게 창밖을 바라보고 있는 내게 선생님은 '혹시 빠뜨린 게 없는지 확인을 해야지' 하고 말씀하셨었다.

다시 한번 봄으로써 좀더 점수를 딸 수 있었다 하더라도, 나는 다시 한번 답안 용지를 보는 일이 없었다.

이미 끝나 버린 것에 대해 집착을 갖지 않는 게 나의 성격인 모양이다. 이것저것 갖고 싶어하지만, 그것을 손에 넣는 순간 흥미와 관심을 잃어버리는 게 나라는 인간인지도 모르겠다.

그 맹점을 고치기 위해서 아무리 괴로워도 설명서는 제대로 읽도록 해야지 하고 다짐해 본다.

그것은 애정을 가지고 정성껏 물건을 사용하는 의식(儀式)이기 때문이다. 의식은 괴롭다. 몸에 배일 때까지는.

아주머니의 경우

'우리들 젊었을 때는…'으로 시작하는 건 나이가 들었다는
증거다. 고생이라는 것은 자기 혼자만 하는 게 아니다.

여자는 고생담을 좋아한다. 읽거나 보는 것도 좋아하지만 듣거나
얘기하는 것도 좋아한다. 특히 자기가 얼마나 고생하며 살아왔는
가 하는 얘기를 하면서 자신의 얘기에 빠져들어 우는 사람도 있
다. 듣는 쪽에서도 상대의 슬픔을 동정하여 덩달아 우는 경우도
있다.

열변을 토하는 동안에 시어머니가 두억시니 같은 여자가 되기도
하고, 방세를 올린 집주인의 냉정함이 눈물의 이유가 되기도 한다.
자신의 부주의로 유산한 것을 남편의 폭력을 강조하고 그 때문이
라고 한다.

어쩌면 눈물로 세월을 보낸 것은 시어머니일지도 모르고, 몇 달
째 밀린 방세를 못 받아서 곤란을 당한 쪽은 집주인일지도 모르는
데 말이다.

그러나 열변을 토하는 비극의 여성은 '정말 여자는 약하다는 걸
느꼈다니까', '진짜 바보 같애'라고 한숨을 짓고, 서로 동정하며 울

고 나면 기분이 상쾌해진다. 마음껏 욕구불만을 발사하고 나면 전신에 에너지가 충족된다.

또 젊음을 가난 속에서 보낸 세대의 여성에게도 문제가 있다. 무엇에든 붙여서 그 시대를 생각하고는 현대와 비교하고, 자신의 고생담을 강요하는 경향이 있다.

'우리들 젊었을 때는…'으로 시작하는 건 나이가 들었다는 증거다. 앞날보다 과거를 되돌아보는 일이 많아진 인간도 이미 끝났다는 사람도 있다.

그런 것을 알고 있지만 얘기하지 않고는 견딜 수 없는 일도 사실이다.

그때의 괴로움에 비해서 지금이라는 시대가 너무도 자유스럽고 평화스럽고 사치하기 때문이 아닌가 한다.

고생담을 시간만 나면 하는 여성에게 처음에는 '그래요?' 하고 듣다가 나중에는 '또 시작이다' 하고 달아난다. 그도 그럴 것이 화롯가에 둘러앉아 할머니가 들려 주시던 것처럼 포근한 얘기가 아니라 야단치는 얘기뿐이다. '음식 남기지 마라. 그 시절엔 고구마 하나를 구하기도 힘들었다'라는 식으로.

고생이라는 것은 자기 혼자만 하는 게 아니다. 아내가 고생하고 있을 때는 남편도 아이들도 그 나름대로 고생을 하는 것이다.

자기 혼자만 고생한다고 생각하고 있는 주부의 가정에는 어쩌면 남편이랑 아이들이 훨씬 더 고생하고 있는지도 모르겠다.

이별을 멋스럽게

만남보다도 헤어짐이 더 큰 자격을
갖춰야 되는 게 아닌가 한다. 어떤 면에서는.

나는 사랑을 잃어버린 뒤라도 이 생각 저 생각 하면서 괴로워하지 않는다. 잃어버린 것에 집착해서 언제까지나 괴로워하는 게 내 성격상 맞지 않기 때문이다.

집착하고 싶어도 그까짓것 하고 털어 버리니까 안 된다.

가끔 그때 좀더 잘해 줄걸, 더 따뜻하게 해줄걸 하고 나 자신을 책할 때는 있다.

괴로우면 '그 정도의 남자였다'고 생각하지만, 나도 '그런 정도의 여자이니까' 하고 생각하면 괴로울 것도 없다. 그래서 이별이 와도 견딜 수 있었는지도 모른다.

사람을 상처입히지 않고 자기도 상처입지 않고 건널 수 있는 인생이란 없다.

사랑하는 것도 같다.

쌓아올린 사랑을 부수어 버리기란 피를 흘리는 것과 같다. 당연하다.

　그런데도 헤어지려고 마음먹은 건 무슨 이유인가? 그것을 알고 싶은 것이다, 연인들은.

　단순히 상대의 맹점이 눈에 띄어서 그런가, 그렇지 않으면 새로운 사람이 나타나서인가. 사랑을 잃어버리는 쪽에서는 그게 궁금하다.

　중요한 건 성실해야 한다. 싫어진 애인에게도 새로운 애인에게도. 성의를 가지고 자신의 마음을 설명해야 한다. 아무리 성의를 가지고 설명해도 상대가 모르는 경우도 있지만.

　그래도 그렇게 하는 것이 인생 수업이다.

　어쩌면 상대방이 분노로 싸움을 걸고 때릴지도 모른다. 그러나 그런 싸움을 성실하게 받아들이는 게 사랑했던 사람에 대한 의무요 예의라고 생각한다.

　그런 각오를 했을 때 비로소 헤어지자는 말을 할 자격이 있다고 나는 생각한다. 그것이 안 될 때는 헤어지는 일도 포기하고 그럭저럭 사는 게 좋다.

　만남보다도 헤어짐이 더 큰 자격을 갖춰야 되는 것이 아닌가 한다. 어떤 면에서는.

자기 주장

화장을 하는 것은 문장을 쓰는 일과 아주 닮았다는
생각이 든다. 고치기 시작하면 그야말로 끝이 없다.

화장을 하는 것은 문장을 쓰는 일과 아주 닮았다는 생각이 든다. 고치기 시작하면 그야말로 끝이 없다. 어딘가에서 영단을 내리지 않으면 한 권의 책도 써낼 수 없는 것과 마찬가지다.

구멍이 뚫릴 정도로 거울을 들여다보고 있으면 아이라인이 아주 조금 비뚤어진 게 신경이 쓰인다. 그것을 고치고 다시 그리고 결국 다 지우게 된다.

그래서 원고 마감과 같이 어느 시간까지로 정해서 일단락지어야 한다.

이상하게도 화장하는 데 쓰는 시간이 길면 길수록 타인이 볼 때는 형편없는 화장이 되어 있는 경우가 많다. 다시 말해서 아주머니의 두터운 화장에 아주 가깝게 되어 있다는 얘기다.

초장에 듬뿍 재운 생선회보다 슬쩍 간장을 찍어 먹는 게 맛있는 것은 당연한데 말이다.

화장에는 화려함이 있다. 여자를 인공적으로 보이는 마력이 있다. 맨얼굴에도 아름다움이 있다는 게 충분히 알고 있지만 화장이라는 작위물에 열중한 것 같은 여성 쪽이 나는 좋다.

남성이 여성의 외견에 대해 흠을 보는 말은 여러 가지가 있다. 특히 젊은 여성들이 화장을 어떻게 하든 그것은 둘째치고 아주머니들이 하는 짙은 화장에는 말이 많다. 구역질 난다, 술맛 떨어진다, 페인트 칠했냐 하는 식으로.

그런 얘기를 들을 때마다 짙은 화장은 곧 나쁘다는 방정식이 남성에 의해서 여자의 의식 속에 침투하는 것이다.

그럴 때마다 슬쩍 화장실에 가서 립스틱이 진한 건 아닌지, 화운데이션이 너무 두터웠나 하며 점검하던 경험을 누구나 한두 번쯤은 했을 것이다.

그런데 나는 두터운 화장을 한 여성이 싫지 않다. 여성 중에 화운데이션은 물론 립스틱도 안 바르고 세수한 다음에 무향로의 화장수를 바르고 만족하는 사람도 있다.

그런 맨얼굴 주의의 여자보다도 짙은 화장을 한 여자 쪽이 그 성격 면에서 내 취미에 맞는다.

왜 짙은 화장을 하는 게 마이너스 이미지를 주는지 나는 잘 모르겠다. 예뻐지려고 약간 도를 지나친 화장을 하는 건 미에 대한 그 사람의 연연함을 느낄 수 있어 흐뭇하지 않은가.

화장이 서툴든 어떻든 본인이 그것으로 만족하고 있으면 좋은 게 아닌가 하고 나는 생각한다.

나도 화장을 좋아한다. 웬만해서는 맨얼굴로 나가지 않는다. 피부에 노화가 온 중년 여자의 에티켓? 아니다. 그런 것은 아무래도 상관없다.

문제는 나의 자의식, 자존심을 지키기 위해서 '조금은 낫다'라고 생각되는 얼굴을 하고 있지 않으면 밖에 얼굴을 내밀 수가 없다.

아무리 '슈퍼에 가는 정도는 맨얼굴로 괜찮지 않니?'라든가 '자의식 과잉'이라는 소릴 들어도 전혀 신경을 쓰지 않는다. 내가 기분 좋게 외출할 수 있으면 그것으로 좋다. 나는 내 자신을 위해서 화장을 하니까.

그래서 나는 할머니가 되어도 맨얼굴을 보이지 않고 화장을 하고 있는 사람이 좋다.

'아주머니의 짙은 화장을 보면 기분이 나쁘다'는 사람이 있다.

그렇다면 여자가 나이를 먹으면 예쁘게 보이는 걸 포기하라는 것인지?

"틀니에 새빨간 립스틱이 묻어 있는 걸 봐도 기분 나쁘지 않다는 거야?"

"흥! 그렇다면 아저씨들은 어떤데?"

"대머리에 개기름이 자르르. 코털이 나오고 아저씨도 징그럽잖아?"

"짙은 화장을 한 아주머니보다는 낫지."

그야 정도를 알고 할 수 있는 화장이 좋다는 것은 말할 필요도 없다.

그러나 오십이든 육십이든 칠십이든 화장을 하고 젊은 여성이 입는 옷을 입으려고 하는 여자의 심정은 충분히 평가해 줘야 한다.

　나도 칠십이든 육십이 되든 화장만큼은 계속할 작정이다. 여자의 화장이라는 건 자기가 지금도 현역으로 있다는 걸 나타내기 위한 작은 자기 주장이다.

남자의 눈물, 여자의 얼굴

남자의 눈물은 뺨을 적시지는 않는다. 남자의 눈물은 심장에서
흐르기 때문이다. 그러나 반드시 어떤 흔적은 남는다.

여자의 얼굴은 그 여자의 인생의 역사를 말하지 않는다.

여자의 얼굴은 그 여자의 감수성이다. 교양이나 개성이다. 거기
에 얼굴 그 자체가 아니라 화장을 한 얼굴에 나타나는 그 자체를
말해 줄 뿐이다.

치장은 모든 여성이 갖고 있는 유망한 표현 방법이다. 때문에 치
장이 끝난 여자는 마치 예술가가 마지막 마무리를 하고 작품에서
손을 떼는 것과 같다. 그래서 여자는 다시 한번 최후의 거울 속의
자신을 확인하는지도 모른다.

살아온 세월 동안 그 사람의 얼굴에 새겨진 역사의 흔적, 그런
얼굴들을 우리들은 남자의 얼굴에서 본다.

승리와 패배, 좌절과 기쁨, 때로는 야심과 정열 또는 고독, 남자
의 얼굴은 그런 것을 말해 준다. 또한 볼 수 있다.

우리들이 남자의 얼굴이 아름답다고 생각될 때는 그런 얼굴과
만났을 때이다.

남자의 얼굴이 아름다운 것은 그것이다. 정신에 역사의 흔적을 만들기 때문이다.

여자의 얼굴에는 역사의 흔적이 없다. 여자들은 세포가 그 흔적을 삼켜 버리기 때문이다.

아무리 울고 웃고 상처입고 화낸다고 해도 그 눈물이 마르면 그뿐이다. 예전 같은 얼굴이다.

남자의 눈물은 뺨을 적시지는 않는다. 남자의 눈물은 심장에서 흐른다. 흐른 눈물은 깊은 계곡을 이룬다. 세월이 그것을 덮어 버리지만 반드시 어떤 흔적을 남긴다.

길을 걷다 보면 여성들이 모두 예쁘다. 놀라울 정도로.

그만큼 아름다움을 위해서 갖은 노력을 아끼지 않는다는 얘기다. 시간과 경제력을 갖고 있다는 점도 있다. 또 온갖 정보가 여성들을 아름답게 만드는 데 도움을 주기도 한다.

한국의 여성 잡지들이 남자의 마음을 얼마만큼 매료시킬 수 있는가 하는 걸 소개해 놓은 것을 가끔 본다.

데이트할 때의 매력적인 몸동작, 대화의 매너, 식사의 매너, 매력적인 화장법, 날씬해 보이는 옷차림 등 얼굴과 몸의 아름다움 외엔 없다.

남자들의 마음을 끄는 게 여성들에게 그토록 중요한 것인가?

여자에게 중요한 건 한 남자로부터 얼마만큼 깊게 사랑받는가 하는 것이다. 많은 남자가 아니라 자기가 좋아하는 단 한 사람으로부터.

별볼일 없는 남자들로부터 많은 사랑을 받는다 해도 그것은 아무짝에도 쓸모 없다. 여자의 명예나 훈장이 될 수 없다. 특별한 단 한 사람, 내가 좋아해서 선택한 한 남자에게 사랑을 받는 것이 행복이다. 기쁨이다.

남자에게 사랑받는다는 건 호스테스가 팁을 받는 것과는 다른 것이다.

남자에게 사랑받는다는 건 선택받는 것이다.

화장해서 예뻐 보이고 치장해서 아름다우니까 선택받는 건 아니다.

나이보다 젊다고 해서 선택받는 것도 아니다. 젊어 보여서 선택받는 것도 아니다.

화장과 치장 속에 숨겨진 정신이 반짝일 때 선택되어지는 게다. 남자의 얼굴의 흔적, 골 깊은 곳에서 흐르는 눈물, 정신의 역사가 새겨지는 걸 지켜봐 주는 유일한 목격자로서.

남자에게 사랑받는다는 건 그런 것이다.

신인에게

사람은 누구나 처음에는 초심자이다. 그래서 새로운 장소에 들어가면 공포를 느낀다. 그 공포를 이용해서 죽을 각오로 일을 할 때 신인의 박력이 나온다.

"대학에서 배운 것을 활용할 수 있는 기업이 없네요."

"제 자신을 살릴 수 있는 직장이면 좋겠어요."

직장을 구하는 대학 졸업 예정자들의 모습을 텔레비전에서 우연히 봤다. 보다가 나는 문득 화가 치밀었다.

자기를 살릴 수 있는 직장?

배운 것을 활용할 수 있는 기업?

꿈은 야무지지만 그런 것은 없다. 있을 리 없다. 면접 시험에서 저런 소릴 하면 떨어질 게 뻔하다.

자신의 개성을 누군가가 살려 줄 것이라든가, 활용할 수 있는 직장이 있다는 환상을 누구에게 배웠는지 모르겠다.

회사라는 건 사람이 모자라면 다른 사람을 채용하고 남으면 자른다.

당연하다. 부조리에 또 비정하지만 현실이다. 현실 사회는 그만큼 혹독하다는 것도 배우지 않고, 대학에서 도대체 무엇을 배웠는가 하는 게 화가 난다는 얘기다.

막상 사회에 나오려고 할 때가 돼서 혹독한 현실에 직면한다면 너무 잔인한 얘기다. 자신이 상대할 사회의 구도가 보이지 않으니까.

사회란 불유쾌한 것이다. 눈을 감고 순응해 버리면 나름대로 즐겁다. 그러나 눈을 뜨고 있으면 보이는 건 모순의 지옥이다.

인간은 그것을 이해하고 나서 노력한다. 불유쾌를 유쾌하게 바꾸기 위해서. 그러려면 필사의 노력뿐이다. 자기라는 한 개인으로서 사회와 싸우고, 스스로를 시험하고 단련하고. 그런 속에서 사회와의 관계를 만들어 간다.

대학을 졸업해도 취직이 너무 힘들다는 걸 잘 알고 있다. 이해하는데 인색한 게 아니다.

다만 자기 자신을 살리고 싶으면 스스로 투쟁하고 개혁해야 된다는 얘기다. 참가하기 전에 우는 건 말이 안 된다.

사람은 누구나 처음에는 초심자이다. 그래서 새로운 장소에 들어가면 공포를 느낀다. 그 공포를 이용해서 오히려 죽을 각오로 일을 할 때 신인의 박력이 나온다.

사회는 새로운 인간이 조직을 바꾸어 주기를 또한 기대한다.

자기가 할 수 없는 일을 알았을 때, 가장 잘할 수 있는 일이 보인다.

불손한 사람

자신의 시간을 자신과 계약하는 생을 살면서 덤으로 사는 인생이라든가
시간은 얼마든지 있다고 하면서 아무 것도 하지 않는 사람은 참으로 불손하다.

돈은 타인으로부터 빌릴 수 있지만 시간은 빌릴 수 없다. 빌릴 수 없을 뿐만 아니라 저축해 둘 수도 없다. 당연한 얘기지만 사람들은 의외로 내일이 있으니까, 내일 하면 된다는 식으로 자신을 납득시켜 버린다.

새 천년이 열리고 틀림없이 시대는 바뀌어 가고 있다. 아마 시대에 뒤처진다고 느끼는 것은 자신의 시간 관리를 하지 않아서가 아닐까?

자신의 시간을 자신과 계약하는 게 생(生)이다.

흥청망청 놀고 마셔 재산을 날리는 것은 뉴스거리도 되고 소문도 나지만, 시간을 함부로 써버리는 데는 아무런 벌도 없다. 소문은커녕 비난도 없다.

그러나 한번쯤 달력장을 넘기면서 자신의 시간을 헤아려 볼 때가 누구에게나 있다. 요즈음 내가 그렇다. 귀한 줄 모르고 시간을 흥청망청 써버렸다는 생각이 들어 후회스럽다. 슬프다.

예전에 나는 언제나 시계를 차고 있었다. 요즘에는 거의 시계를 차지 않는다. 예정에 따라 써버리는 시간은 이미 내게는 중요하지 않다고 느꼈기 때문이다.

언제 어디서 어느만큼 내가 분발하면서 살고 있는가 하는 증거는 필요없다는 생각이 든다. 별달리 목적이나 목표가 있어서 변한 건 아니다.

시간에 속박당하고 싶지 않다. 속박당할 필요도 없다. 그 대신 하고 싶은 일을 하는 데 무한의 시간이 있음을 알았다.

모순되는 얘기지만 물리적인 제약이 없어지면서 더 효율적인 시간을 쓸 수 있게 되었다. 하고 싶은 일을 하면서 그 시간을 즐길 수 있게 되었다는 얘기다.

어차피 훔쳐 올 수도 빌려 올 수도 없는 게 시간이라면 자기가 갖고 있는 시간을 최대한으로 소중하게 사용하는 방법 외엔 없다.

얼마 전만 해도 나는 줄을 못 서는 사람이었다. 급한 성격 때문에 새치기까지는 아니어도 우왕좌왕하며 입장권을 사는 데 시간이 걸리면 화를 내거나 포기해 버리곤 했다. 급한 성격과 기다리는 걸 시간이 아깝다고 생각해서였다.

새로운 나는 시간에 얽매여 있지 않다. 오히려 기다리는 시간과 함께 새로운 경험을 할 수 있다는 얘기다.

인간은 죽음이라는 골을 향해 한결같이 달려가는 러너(Runner)라고 했다. 그 골은 예측되어 있지만 확실하게 몇 년 몇 월 며칠 몇 시인지 그 타이밍을 아무도 모른다.

인간은 살아 있을 때 그 사람밖에 할 수 없는 걸 후세에 남기면 된다. 아무 것도 남길 게 없는 인간은 바보라고 한 사람이 있다. 하다못해 빛이라도 말이다.

용서받을 수 있는 일이라면 타인의 시간을 왕창 빌려서 쓰고 빚으로 남겨 두면 어떨까 하는 생각도 해본다. 시간을 빌려 준 사람은 그만큼 한을 품고 기억해 줄 게 아닌가.

국화꽃 한 송이 관 속에 넣어 주면서 한맺힌 푸념을 하는 빚쟁이가 있어도 좋지 않은가.

새 천년이다 21세기다 하며 변화에 대한 기대로 떠들지만 변함없는 게 한 가지 있다. 자신의 시간이다.

자신의 시간을 자신과 계약하는 생을 살면서, 덤으로 사는 인생이라든가, 시간은 얼마든지 있다고 하면서 아무 것도 하지 않는 사람은 참으로 불손하다.

사랑을 지속시키는 비결

여자든 남자든 서로가 서로를 선택해야 한다. 억지로
받아들이는 입장에서의 결혼이라는 것은 있을 수 없다.

처음 만나는 순간에 이 사람하고 결혼할 것 같다는 느낌이 드는 사람이 있다. 분위기라든가 냄새라든가 감각적으로 딱 오는 사람이 있다.

그럴 때 흔히 운명적인 만남, 숙명적인 만남이라는 말을 한다.

나는 그런 말을 좋아한다.

그런 만남의 사람들은 어떤 경우에라도 깊이 이해하고 용서할 수 있기 때문이다.

궁합이라는 말이 있다.

궁합이 맞는 사람이 있다.

흔히 이혼의 이유로 성격적인 불일치라는 얘기를 듣는다.

그런데 이 세상에 성격이 같은 사람은 한 사람도 없다. 성격의 불일치라는 것은 너무도 당연한 일이다.

성격은 같지 않더라도 상대방에 대한 허용 범위가 있을 뿐이다. 그 폭이 궁합이라고 나는 생각한다.

성격은 닮았지만 용서할 수 있는 부분, 타협할 수 있는 부분이 서로 일치할 수 없다면 궁합이 맞는다고 할 수 없다.

궁합이라는 건 고정적인 게 아니다. 사람은 서로 변한다. 다만 죽을 때까지 똑같은 허용 범위 속에 있을 수 있는가 어떤가 하는 게 부부의 궁합이 아닌가 한다.

그렇게 보면 궁합이라는 건 처음부터 있는 게 아니라 두 사람 사이에 쌓아 올려 가는 것이라는 생각이 든다.

여자도 남자도 서로가 서로를 선택해야 한다. 인생의 반려는 그렇게 정해야 한다.

억지로 받아들이는 입장에서의 결혼이라는 건 있을 수 없다.

결혼이라는 것은 상대방으로부터 받는 게 아니다. 서로 주고받는 관계이다.

그래서 서로가 선택할 수 있다는 건 받아들이는 쪽이 아니라 대등한 결혼에의 프로세스가 되는 게 아닌가 한다.

또 자신이 상대방을 선택했다는 의식이 있으면 겸허해진다는 생각이 든다.

일방적으로 선택당했다는 의식이 강하면 거만해지거나 불만이 쌓이게 된다. 잘 해주지 않는다고 하는 식의.

겸허함이 있으면 어떤 의미에서 결혼생활을 오래 지속시킬 수 있다. 겸허함이 그 비결인지 모른다.

겸허함이 결국 정신의 안정감을 주고 안심감을 준다.

운명적인 만남이든 궁합이 맞는 사람들 사이든 기본적인 내용은 같다.

모든 인간 관계에 있어서 중요한 요소는 겸허함이라는 것이다.

겸허함이 있을 때 만남이라든가 자신의 선택이 더욱 빛나는 것
이다.

겸허함이 있을 때 만남이라든가 자신의 선택이 더욱 빛나는 것

성숙함을 배우는 여름

타인의 얘기를 존중하고 상대방을 먼저 생각할 수 있는 자세는
보다 지적이고 여성적이기 때문에 가능할 수 있다.

세상은 많이 변했다. 사람을 앞에다 두고 '열받네', '시끄러워! 닥쳐', 심지어는 '○○자식'이라는 식의 말을 함부로 해도 되니 말이다. 그것도 남성뿐만이 아니라 여성도 보통으로 그런 말을 한다.

여성이니까 해서는 안 된다는 뜻이 아니라 상대의 면전에서 하고 싶은 얘기를 다 할 수 있는 무서운 시대가 되었다는 얘기다.

요즘에 와서 더 느끼는 일이지만 한국 남자들처럼 욕 잘하는 남자도 없지 않을까 하는 생각이 든다. 동방예의지국 어쩌구 운운하지만 남자들의 입에서 여자에게조차 걸핏하면 개 같은 년이란 욕이 보통으로 나온다.

그리고 상대방 여성이 건방지게 나오거나 못마땅하면 다짜고짜로 '아주머니'라고 부른다. 종전의 아주머니라는 이미지가 주는 어두운 부분, 다시 말해서 자신없고 무능력한 이미지를 부추겨서 심리적인 억압을 주려는 뜻인 모양이다.

하지만 요즘 아주머니라는 말처럼 막강한 이미지는 없다. 책임감

있고 능력 있고, 사회를 위해 헌신하는 중추적인 역할을 하는 것
은 모두 아주머니다.

사람을 사귀는 일은 이쪽이 성의를 가지고 대하면 상대방도 그
렇게 마련이다.

그러나 적당한 거리를 두고 사귀는 게 바람직하다는 생각이 든
다. 적당한 거리란 경계의 뜻이 아니라 예의다.

처음 만나 인사를 나누자마자 형님이고 누님이 되는 성급한 우
리의 문화가 아무리 생각해도 이상하다. 사람을 사귀는 것도 식물
을 키우듯이 시간이 필요하고 정성이 필요하다. 처음부터 형식이
나 절차를 훌훌 털어 버리고 바로 인척 관계인 '우리'로 만들어 버
리는 사람 사귐. 귀찮아서인지 성급해서인지 알 수 없다.

그 '우리'는 무엇보다도 '우리'가 아닌 타인과의 차별을 강조하는
말의 시작이다.

만나자마자 우리 형님, 누님 하며 엎어지는 관계가 언제까지나
우리가 되면 좋지만 사이가 멀어져 남이 되면 얘기는 사뭇 다르
다. 남은 죽든 말든 상관이 없다. 남에 대한 극단적인 불신과 멸
시, 그것이 문제다.

무엇이든 상대에게 엎어져서 최선을 다하고 나면 그 이상의 것
을 돌려받으려는 전제가 있다. 받은 만큼 돌려주지 않으면 당장에
정이 없는 사람으로 판단해 버리고 따돌린다. 그 성급한 판단은
바로 분리를 의미한다.

자신의 비위에 거슬린다고 금세 화를 내고 욕설을 퍼붓는 행위
는 그야말로 유치하다. 유아적이다.

자신의 감정을 조정할 수 있는 게 어른이다.

타인의 얘기를 존중하고 상대방을 먼저 생각할 수 있는 자세는, 보다 지적이고 이성적이기 때문에 가능할 수 있다.

화 잘 내고 욕 잘하고 자기 주장과 자기 자랑으로 일관한다면 이 사회는 싸구려 문화만을 만들어 낼 수밖에 없을 것이다.

참는 미덕, 과정을 즐기는 정서를 올 여름에는 배우고 싶다.

꽃피우는 힘

남을 칭찬하면 상대를 즐겁게 해줄 뿐만 아니라 자신도
즐거워진다. 칭찬은 능력이랑 재능을 무한히 끄집어내기 때문이다.

여고생이었을 때 매사에 '조심해라', '준비해라', '나쁜 짓 하지 마라'는 얘기를 많이 들었다. 학교에서도 집에서도.

나는 그게 싫었다.

늦게 놀다 오거나 새로운 친구를 사귀어도 왜 늦게 왔느냐, 왜 그런 애들하고 다니느냐 하는 식의 이유를 어른들은 물었다. 나는 대답을 안했다.

그러면서 속으로 나는 그저 놀고 싶으니까 노는데 하는 반발이 생겼다. 놀고 싶으니까 놀다 왔다. 산에도 가고 바다에도 갔다. 자기가 정한 일은 자기가 하고 싶은 이유로 충분하다고 생각했다.

'하고 싶기 때문에'라는 이유만으로는 어른들은 불충분한 모양이었다. 어른들은 이유를 꼭 달아야 한다. 이유를 달려고 하면 할수록 마음을 닫아 버리는데 말이다.

놀랍게도 많은 선생님들이나 부모들은 미지의 세계와 위험을 동일시한다.

그래서 이유를 캐는 모양이다.

어른들은 대체로 쓸데없는 모험을 못하게 한다. 미지의 세계에 접근하지 못하게 신경을 곤두세운다. 망설이지 말고, 정확한 대답을 하고, 비슷한 친구와 사귀어라고 하는 게 우리들을 성장시키는 데 도움을 준다고 생각한다.

그 반대다. 나는 그런저런 제약의 말을 듣고 한 번도 그대로 해본 일이 없다. 그런 주의를 듣고 반성을 하거나 새롭게 각오를 해본 일도 없다.

나에게 커다란 영향을 주신 선생님은 이래라저래라 지시하셨던 분이 아니라 칭찬해 주신 선생님이셨다. 아주 작은 일이라도 듬뿍 칭찬해 주신 선생님이 계셨다. 국어 선생님이셨다.

어느 날 작문 시간에 선생님은 나의 글을 반 아이들 앞에 읽어 주시고는 잘 썼다고 칭찬해 주셨다. 선생님께서는 무심코 하신 말씀이신지는 모르지만 나는 그날부터 매일 노트에 글을 썼다. 놀고 싶으니까 논다는 이유가 없어졌다. 다시 칭찬을 받고 싶어서 열심히 썼다.

그리고는 방과 후 교무실로 찾아가 선생님께 보여 드렸다. 아무리 바쁘시더라도 관심을 갖고 봐 주셨다. 칭찬할 한마디를 찾아 꼭 해 주셨다. 기뻤다.

나는 그 선생님한테서 사람을 칭찬하는 일이 어떤 것인가를 배웠다. 그 훌륭함과 소중함을 알았다.

원만한 인간관계를 만들고, 일로써 성공을 하고 인생을 즐겁고 유익하게 살아가는 데 가장 필요한 게 하나 있다면 두말할 것도 없이 사람을 칭찬하는 일이다.

남을 칭찬하면 상대를 즐겁게 해줄 뿐만 아니라 자신도 즐거워진다. 칭찬은 능력이랑 재능을 무한히 끄집어내기 때문이다.

그 중에는 칭찬도 중요하지만 엄격하게 책할 것은 해야 알아듣고 반성해서 본인을 위해서도 좋다고 주장하는 사람도 있다.

그러나 타인에게 주의를 받고 야단을 맞는다고 해서 그걸 받아들이는 사람이 과연 몇이나 있을까. 오히려 비판당한 일 때문에 반감을 사거나 증오심을 느낄지도 모른다.

사람을 바꿀 수 있다든가, 사람에게 숨겨진 보석을 알게 할 수 있다고 한다면 그것은 오직 칭찬뿐이라는 생각이 든다.

우리들은 칭찬에 너무도 인색하다. 타인에게는 물론 가족에게도.

지금까지의 인생을 돌아보면 아주 작은 칭찬이 자신의 장래를 완전히 바꿔 버린 것 같다. '당신은 그런 경험이 없습니까?'라는 카네기의 글을 읽고 나는 크게 공감했다.

나에게도 국어 선생님의 작은 칭찬이 없었다면 나는 지금 어떻게 되었을까. 여고 시절 나는 놀기 좋아하고 공부도 별로였고 부모에겐 막연히 반발심을 갖고 있는 아이였으니까.

국어 선생님의 따뜻한 칭찬 한마디에 작가가 되고 싶다는 꿈을 가졌고, 지금 나는 글을 쓰는 직업을 갖게 되었는지도 모른다.

모양새대로

관리하고 정리해서 모든 것을 똑같은 모습으로
만들어 버린다면 위험도 없지만 재미도 즐거움도 없다.

어른들은 자기와 비슷한 사람들하고만 사귀려 한다. 그래서 아이들에게도 '저런 애하고는 놀지 말아라'라고 강요한다.

마찬가지로 학교도 모두 동아리로 만들지 않으면 안된다고 생각하는 모양이다.

같은 방향을 봐야 하고, 성격도 태도도 심지어 능력까지도 모두 같지 않으면 안된다고 생각하는 게 문제다.

말하자면 표준과 보통에 어른들은 너무 얽매여 있다는 얘기다. 같은 방향이 정리하는 데는 쉽다.

그러나 모두 같은 방향이라면 얼마나 단조로울까?

닮은 사람하고만 사귀고, 비슷한 기준에서만 얘기를 하면 안정은 있지만 좁아진다. 인간은 자기와 다른 사람과 사귀면서 자신의 정체성을 더욱 알게 되고 귀중함을 느끼는 것이다.

관리하고 정리해서 모든 것을 똑같은 모습으로 만들어 버린다면 위험도 없지만 재미도 즐거움도 없다.

얼마 전 미국엘 갔다.

누구나 다 알고 있듯이 거기에는 외견은 물론 종교도 사상도 역사도 모두 다른 사람들이 살고 있다. 한국 사람만 있는 데서 살아온 내게는 충격이었다.

그들을 보면서 나는 강한 힘을 느꼈다.

그곳에서 지내는 동안 나는 세계에서 하나밖에 없는 소중한 존재라는 것을 느끼게 하는 힘이었다.

사실 학생 시절에 나는 언제나 너무도 작은 내 존재에 대해서 괴로워했다.

그러면서 한편으로는 표준이랑 보통을 동경했다. 그런 사회 속에서 그런 교육을 받았기 때문이다.

하나의 가치관이라든가 기준 속에 청소년들을 억지로 집어넣으려고 하는 아주머니가 되지 말아야겠다고 다짐했다. 어른들의 자로 청소년들의 보통이랑 표준을 재지 말자.

무기력도 병

어느 시대도 완벽한 부모란 존재하지 않는다. 부모측에 문제가 있다
하더라도 어떤 형태로든 부모와 아이 사이에 대화가 있으면 해결책은 있다.

등교 거부랑 가출 못지 않게 심각한 현상이 청소년들에게 일어
나고 있다.

집에만 틀어박혀 있는 아이들이다. 학교에 가지 않는 대신 자기
가 좋아하는 일을 한다든가, 통신교육을 받는다든가 하는 것도 아
니다. 아무 것도 하지 않는다.

집안에 틀어박혀서 망연하게 있거나 아니면 잠만 잔다. 텔레비전
도 보지 않고 컴퓨터 게임도 하지 않는다. 심지어는 목욕조차도
하지 않는다.

K학생의 경우다.

어렸을 적부터 그는 조르기만 하면 무엇이든 살 수 있었다.

그의 어머니는 외동아들인 K를 분별없이 사랑했다. 무엇이 진짜
자식을 위하는 일인지 생각할 여유도 없이 무엇이든 다 해줬다.
과보호였다.

아버지는 어머니의 방법이 틀렸다고 하는 생각은 들었지만 그냥

내버려 뒀다.

K학생은 고등학교 일학년 때 자퇴하고 말았다. 특별한 이유는 없었다.

그 후 먹고 자고 하는 생활 때문에 살이 쪘다. 점차 주위의 시선이 따갑게 느껴지기 시작했다. 결국 외출도 하지 않고 집에만 틀어박혀 지내는 생활을 하고 있다.

무기력한 채 집안에만 틀어박혀 잠만 자는 아이들도 등교 거부나 가출하는 아이들처럼 문제가 있다.

술만 마시면 폭력을 휘두르는 아버지, 어머니의 히스테리, 집안에 무관심한 아버지, 아버지에 대한 불만을 아이들에게 계속 얘기하는 어머니, 대부분 그런 환경이다.

인간의 성장 과정에서 가장 중요한 청소년 시기를 집안에 틀어박혀 식물 상태로 지내는 일.

그러는 동안 사람과 접촉할 경험이 없다는 것. 공백의 시간. 잃어버리는 건 너무 많다.

왜일까?

10대는 부모와의 갈등이 많은 시기다.

어느 시대도 완벽한 부모란 존재하지 않는다. 부모측에 문제가 있다 하더라도 어떤 형태로든 부모와 아이 사이에 대화가 있다면 해결책은 있다.

그러나 그들이 무엇을 바라는가 하는 것에 대한 대답은 어른이 생각하는 만큼 간단하지는 않다.

질 낮은 영화나 텔레비전의 프로그램, 전자게임 등이 청소년들에게 나쁜 영향을 주고 있기 때문이라고 한다.

문제는 그런 것 자체에 있는 게 아니다. 다시 말해서 문제를 일으키는 인간 속에 존재하고 있다.

등교 거부, 가출, 집안에만 틀어박혀 있는 아이들이 결코 심각한 상황을 안고 있거나 문제 있는 가정의 아이들만이 아니다.

지금은 어느 집의 아이든 자신의 방안에 틀어박혀 버릴 수 있는 시대다.

잠긴 문을 열려고 하기 전에 가슴을 먼저 열어야 하지 않을까?

두근거림이 있는 곳

나는 책은 가깝게 손에 잡고 선택하고 싶다. 많은 책이 놓여 있는 속에서
원하는 책을 고를 때의 가슴 두근거림, 울렁임. 그것이 내겐 행복이다.

서점은 오랫동안 나의 오락의 장소였다. '였다'고 과거형으로 말하는 것은 이제는 쑥스럽고 멋쩍은 공간이 되어 버렸기 때문이다. 등단하고 나서부터다.

최근에는 서점에 갈 때마다 겁이 난다. 특히 내가 쓴 책이 놓여 있는 걸 보면, 봐서는 안 될 것, 만나서는 안 될 사람을 만난 것처럼 허둥대며 서둘러서 그 장소에서 나온다.

그렇다고 서점에 안 갈 수는 없다. 독서는 내 생활의 일부니까.

가끔 시내에 나가서 서점에 들르면 내 여동생이 우습다는 투로 충고를 한다.

"서점까지 가지 않아도 인터넷으로 들어가면 되잖아? 전자책은 뭘 때문에 있는 거유?"

그러나 아니다.

나는 책은 가깝게 손에 잡고 선택하고 싶다. 많은 책이 놓여 있는 속에서 오늘은 이것과 저것과 그것을 사자고 결심할 때의 두근

거림, 울렁임. 그 기분은 나에게 행복을 준다.

나는 시내에 나가면 꼭 들르는 데가 두 군데 있다. '중앙양과' 제과점과 '우생당' 서점이다. 거기서 빵을 사고 책을 사면 그 이상의 화려한 외출은 내겐 필요없다. 일주일에 한두 번 갖는 호화로운 나의 시간이다.

글을 쓰기 전에는 서점에 가면 종일이라도 있었다. 지루함을 몰랐다. 이 책 저 책 뒤지면 시간 가는 걸 못 느꼈다.

어렸을 때는 책가게를 하고 싶었다. 매일 읽을 수 있다는 생각에서였다. 또 크리스마스가 가까워지면 서점에는 예쁜 카드가 가득 걸려 있었다. 얼마나 가슴이 설레었는지.

서점과의 만남은 초등학생인 나로서는 꿈과 오락의 창고였다. 제법 많이 욕심을 부려서 읽었다.

그때 나를 열중시켰던 《괴도루팡》, 《삼총사》, 《미술세계대전집》의 아름다운 그림들.

종일 서점에서 놀다 소중한 용돈에서 사는 한 권의 책의 눈부신 무게.

훔쳐 버리고 싶을 만큼 탐이 나던 책들.

그러나 나는 아직도 독자에게 그렇게 생각되어지는 책을 쓰지 못하고 있다.

여자와 남자에 대해

헤어지는 일보다 더 어려운 것이
'같이 지내는 일'이다.

겨울 밤이다.

쓸쓸한 기분으로 커피를 끓여 마시고 책상 앞에 앉았다.

문득 내 자신이 마음에 걸린다.

젊지도 그렇다고 늙지도 않은, 그러나 어쩐지 나이 들어가는 자신을 느낀다. 그렇다고 그것을 두려워하고 있지는 않다.

생각하면 나이가 든다는 것도 아름답다.

인간은 원래 외로운 동물이니까, 젊거나 나이가 들었거나, 아침에 일어났을 때 한 잔의 커피를 같이 할 수 있는 상대를 언제나 찾고 있는 것이다.

때문에 사람들은 마음을 주고받고 누군가를 사랑하는 것인지도 모른다.

사랑은 불안한 것이다.

언젠가 끝이 나버릴지도 모르고 어쩌면 끝나지 않고 죽을 때까지 계속될지도 모른다.

내게 중요한 건 어떤 한 사람의 남자와 결혼하는 것이 아니라, 한 사람의 남자를 넋을 잃을 만큼 사랑하고 또 사랑받는 일이다.

그것이 중요한 일이다.

삼십대의 사랑은 약간 쓴맛을 포함하고 있기 때문에 깊다.

그 쓴맛이라는 건 자아(自我)인 것이다.

이미 자기라는 것을 잘 알고 있다.

상대방의 자아도 알고, 때문에 잘 되면 훌륭한 관계가 되지만 일단 뒤틀리면 바로잡기 어렵기도 하다.

삼십대의 여자는 자아와 사랑을 저울대에 올려놓고 그 무게를 잰다. 프라이드와 사랑.

그렇게 말해도 좋을지 모르겠다.

사람을 사랑한다는 건 때로는 우리로부터 웃음도 언어도 심지어는 용기까지도 빼앗아 버릴 때가 있다.

사람을 사랑할 때 하루에도 수십 번 일어나는 불안과 현혹.

그러기에 사랑이 있다고 생각하는 것도 착각이고, 없다고 생각하는 것도 착각이다.

그 신기루 같은 형체에 갈피를 못 잡게 되어 미워하기도 하고, 분노하기도 하고, 때로는 질투하기도 하면서 여자는 결국 사랑을 통해서 자신을 표현한다.

무엇이든 완전한 것은 없다.

불완전한 자기를 그대로 받아들이고 그 나름대로의 완전을 새롭게 창조하는 수밖에.

여자와 남자의 관계라는 건 어느 쪽인가가 억지로라도 끈을 잡고 있지 않으면 자연히 풀어져 버린다.

덧없는 것이다.

단 한 가지 말할 수 있는 건 여자의 행복이나 운명은 사랑이든 결혼이든 남자와의 관계에 있어 애환임에는 틀림없다.

그러나 남자의 인생은 여자와의 관계 없이도 투쟁하고, 울고, 일에 정열을 태울 수 있다는 게 다른 점이다.

남자에게 여자는 인생의 꽃이기도 하고 에너지이기도 하지만, 여자에게 남자는 인생 그 자체이다.

결국 여자는 사랑하는 자신의 모습을 찾아서 끝없이 방황하고, 남자는 다음에 투쟁할 상대를 찾아서 쫓아다닌다.

그렇게 다른 여자와 남자이기 때문에 만날 수 없는 두 개의 레일 위에서 생활하고, 괴로워하고, 미워하고, 때로는 깊게 포옹하는 것이다.

칭얼대는 여자에게 '바보같이'라고 핀잔을 주면서도 언뜻 보이는 남자의 따뜻함. 남자란 진짜 별볼일 없다고 해대면서도 그 남자 때문에 슬쩍 눈물을 훔쳐대는 여자.

남자이기 때문에 갖는 외로움. 여자이기 때문에 갖는 애절함.

이 모두가 여자와 남자는 평행선상에 있기 때문이다.

나는 기본적으로 여자든 남자든 그 누구에게도 소속되지 않는 정신적으로 혼자인 사람이 좋다.

그리고 어떤 사물을 판단할 때, '이것으로 좋다'가 아니라 '이것이 좋다'라고 하는 식의 생활 태도를 좋아한다.

나는 자기의 색(色)을 가진 사람을 좋아한다.

당연한 일이지만 여자와 남자의 관계에 있어 중요한 건 내용이지 그릇이 아니다.

조금 풋내기처럼 얘기를 한다면 만나서 인정하고 사랑하고 서로 영향을 주고 함께 생활해 가는 그 과정이 중요한 것이다.

두 사람이 공유하는 시간, 공간, 생활 속에 그 나름대로의 기본색, 자신의 색을 중요시하고, 그 위에 두 사람이 또 하나의 색을 만들어 내는 일이다.

이것이 내가 말하는 여자와 남자의 좋은 관계다.

사랑을 받는다는 건 우리들의 의사와는 상관없이 어느 날 갑자기 사라져 버리기도 한다.

사랑을 잃어버리는 걸 두려워해서 그렇다고 사랑하지 않고 있을 수 있을까.

우리가 누군가를 사랑하기 위해서는 먼저 자기 자신을 사랑하지 않고서는 안되는 일이 아닌가.

얘기가 좀 빗나가지만 여자가 당당해진다는 건 단 한 사람의 남자에게 버림을 받고 왕왕 울어대는 여자가 아니라 자기를 행복하게 해줄 수 있는 남자를 찾아내는 일이다.

노력을 한다는 것.

남자들은 별의 수처럼 많다.

별볼일 없는 남자들과는 시원스럽게 헤어지고 다시 찾을 일이다.

나는 적어도 태어나면서 게으른 여자보다 거짓말쟁이고 악녀라도 노력하는 여자가 좋다.

남자도 그런 여자를 좋아한다.

단지 별볼일 없는 남자는 자신이 없어서 불안하니까 얌전한 여자, 솔직한 여자가 좋다고 한다.

그것은 거짓말이다.

타협 아니면 포기, 어느 쪽인가이다.

그 증거로 남자들이 어느 정도의 부와 명성을 얻었을 때, 자기가 선택한 얌전한 여자가 아닌 다른 여자를 다시 찾는 데서 그것이 명확해진다.

남자는 태어나면서부터 투사이기 때문에 부족함이 없는 상대에게 사랑을 준다. 부족함이 없는 상대라는 건 투쟁할 만한 상대인 것이다.

고양이처럼 귀엽기만 한 여자가 아니라 귀여운 고양이인 척하면서 호랑이 같은 여자를 좋아한다.

다시 말해서 그런 여자는 내용이 있기 때문이다. 깊이가 있다. 그런데 슬프게도 여자들은 귀여운 고양이로만 있으려고 한다.

상대방을 사랑해 버리면 어떤 여자든 착한 여자, 얌전한 여자가 되려고 멍청한 노력을 한다.

아무튼 어떤 의미에서든 여자와 남자의 관계에 있어 중요한 것 중의 하나는 노력이라는 것이다.

헤어지는 일보다도 더 어려운 것이 '같이 지내는 일'이다.

상대방을 이해할 수 없기 때문에 헤어진다는 건 무책임한 일이다.

그러나 여자와 남자의 관계라는 건 정말 이러한 이론을 어이없이 허물어 버리는 일이기도 하다.

나는 개인적으로 여자와 남자의 관계가 행복하게 끝이 나는 것
보다 상처투성이로 끝이 나는 것에 가치를 두고 싶다.

그 사람의 역사는 사랑의 역사와도 같다.

때문에 사랑이라는 것은 하면 할수록 사람을 풍성하게 만든다.

다시 말해서 여자 자신이 빛나지 않을 때, 결코 남자도 그 여자
를 빛나게 보지 않는다는 얘기다.

멍청한 여자는 멍청한 남자밖에 만날 수 없다. 그 정도의 여자를
택하는 것은 그 정도의 남자이다.

자기가 괜찮은 여자가 되지 않으면 괜찮은 남자와도 만날 수 없
는 것이 냉정한 현실이다.

풍부하고 폭넓은 인생을 원하는 여자는 우선 자신의 가치관을
최대한으로 갖춰 놓아야 한다.

사회인으로서 자립한 여자와 남자가 만난다는 건 틀림없이 쾌적
하고 자유스럽다.

여자가 나이를 먹는다는 건 숫자를 더 보태는 게 아니라, 더 완
숙하게 만들어져 가고 있는 과정이다.

자연스럽게 자신의 연령을 쌓아 가는 여자는 얼마나 아름다운가.

거기에 정신적으로 자유로운 남자. 또 저 사람과 사랑을 하면 꼭
행복할 수 있을 것이라는 생각이 드는 남자.

그런 여자와 남자가 있다면 그 풍경은 완성된 한 폭의 그림과
같을 것이다.

남자 운이 좋은 여자

초판 인쇄 · 2001년 2월 20일
초판 발행 · 2001년 2월 25일

지은 이 · 김가영
펴낸 이 · 임종대
펴낸 곳 · 미래문화사

등록 번호 · 제 3-44호
등록 일자 · 1976년 10월 19일
주소 · 서울시 용산구 효창동 5-421호 ⊕140-120
전화 · 715-4507, 713-6647
팩스 · 713-4805

E-mail · miraebooks@com.ne.kr
mirae715@hanmail.net
ISBN 89-7299-206-2 03810
ⓒ2001, 미래문화사

정가 · 8,000원

· 이 책의 저작권은 도서출판 미래문화사에 있습니다.
· 지은 이와의 협의하에 인지는 생략합니다.
· 잘못 만들어진 책은 바꾸어 드립니다.

*이 책은 문예진흥기금의 일부를 지원받았습니다.